ほどなく、お別れです

それぞれの灯火

長月天音 Nagatsuki Amane

小学館

装 画=草野 碧
装 丁=成見紀子

目次

プロローグ

懐かしい夢を見た。

かつて通っていた高校の美術室だった。油絵の具をのせた筆が、カンバスを撫《な》でるざりざりとした感覚まで指に残っているような、やけに鮮明な夢だった。

私は広げた写真集から、飛び立とうとするカワセミを描いている。隣では同級の友人が、やはり熱心にカンバスに向かっていた。

あの頃の私は、お気に入りの写真集から可愛《かわい》らしい小鳥ばかりを描き、友人はひたすらどこかで撮ってきた写真を見ながら海の景色ばかりを描いていた。きっと海が好きなのだろう。一途《いちず》に心惹《ひ》かれる対象だけを描き続ける姿に、私たちはお互いに密《ひそ》やかな連帯感を抱いていた。

夢の中の私は、カワセミの羽の鮮やかな青色がどうしても作れなくて、友人のカンバスを覗《のぞ》き込む。視界に飛び込んできたのは、一面に広がる、それはそれはきれいな青色だった。海と、空と、大半を占めるのはそのふたつなのに、驚くほどの様々な青が、その絵にはちりばめられていた。

羨ましさと、思うようにできない自分へのもどかしさで、焦るような気持ちのまま目が覚めた。当然ながら私はもう高校生ではなく、とうに成人式を終え、苦しい就職活動も経験した社会人一年目であるという現実に、少しだけがっかりする。

幸せなことに、現在の仕事に不満はない。けれど、不安は大いにある。早く上司に認められたいけれど、どうしていいのか分からない。それでも信じるしかない。少しずつ、前へ進んでいることを。

第一話　揺蕩《たゆた》う心

夜中に降った雪が、うっすらと歩道に積もっていた。

今朝の東京スカイツリーは、半ばくらい雪雲の中にうずもれている。もしかしたら、また降り出すかもしれない。地下鉄から地上へと出て、毎朝、巨大な塔を見上げるのは、すっかり習慣になっていた。

賑《にぎ》やかな声に振り返れば、バスのロータリーではマフラーを頭巾のように頭にまで巻き付けた明らかに南国からの旅行者が、何やら仲間と喚《わめ》いている。寒さと眺望が望めないスカイツリー観光への不満であろうか。概して晴天の多い真冬の東京であるが、よりにもよってはるばる彼らが訪れた日に雪空とは、あまりにも気の毒である。何となく申し訳ない気持ちになりながら、私は横を通り過ぎた。

スカイツリーにほど近い葬儀場、坂東《ばんどう》会館が私の勤務先である。

滑らないよう慎重に、いつもの倍近い時間をかけて坂東会館にたどり着くと、正面玄関へと続く短いアプローチも真っ白な雪で二センチほど覆われていた。いくつかの足跡が刻まれているのは、昨夜のお通夜の後、宿泊されていたご遺族のものだろうか。

ちょうどスコップを持った黒いスーツ姿の人影が、屋根のある駐車場側の通用口から出てくるところだった。

「おはようございます」

葬祭部の若手社員、椎名《しいな》さんが軍手をはめながら、寒そうに背中を丸めて顔を上げた。

「おはよう、清水《しみず》さん」

白い息を吐きながら、明るく挨拶を返してくれる。

「積もっちゃいましたねぇ」

「車道に積もらなくて助かったよ。出棺前には解けてくれるとは思うけど、ご親族がいらっしゃる前に玄関だけはきれいにしておかないとね」

葬儀の仕事は天候に左右される。外現場の場合は、表に張られたテントで受付を行うこともあるし、交通事情によって、厳密に決められた火葬時間に間に合わないという事態は、何よりも避けなければならない。

昨夜は通夜が始まる直前に、風を伴った冷たい雨が降り出した。

予報では、夜半には雪に変わると言われていたため、私たちは気が気ではなかった。今回の式の担当者である椎名さんは、私に向かって手を合わせてきたほどだ。私の名前である〝美《み》空《そら》〟にあやかりたいとのことだった。藁《わら》にも縋《すが》る思いだったのだろうが、その甲斐《かい》あってか朝には雪も降りやんでいた。

「ところで」

スーツ姿の腰をかがめて、雪とも氷とも言えない塊と格闘している椎名さんに訊《たず》ねる。

「昨夜の宿直、漆原《うるしばら》さんでしたよね。こういうことは本来、宿直の人がやっておくんじゃないんですか」

漆原は私の直属の上司であり、教育係でもある。

およそ一年前、就職活動に行き詰まっていた私が、葬祭ディレクターを目指すという目標を持てたのは漆原のおかげだった。アルバイトに過ぎなかった私は、この男の行う葬儀を手伝ううちに、本格的に葬儀の仕事に携わりたいと思うようになったのだ。

ベテランの多い坂東会館葬祭部の中でも、三十代半ばの漆原がなぜか存在感を放っているのは、誰もが避けたがる、若者や不慮の死を遂げた方の葬儀を好んで引き受けるからである。椎名さんもかつては漆原の下で仕事を学んだため、今でも頭が上がらない。それをいいことに雪かきを押し付けられたとみえる。

椎名さんは、返答を避けるかのように黙々と作業を続けている。私は同情しながらそっと横を通り過ぎた。

事務所に入ると、件《くだん》の男は共有スペースを悠々と陣取って、新聞を広げながらコーヒーをすすっていた。暖房が効いていて外とは雲泥の差だ。

夜中に立て続けに電話が鳴り、ご遺体の引き取りで病院をはしごする晩もあるという話を聞いたことがある。もしやそんな忙しい夜だったのではないかと思いかけたが、そういえば、昨夜は一件の電話も入っていないと椎名さんが言っていた。

漆原は坂東会館から独立したフリーの葬祭ディレクターだ。それでも社長からの信頼は篤《あつ》く、私の教育を任されたことですっかり坂東会館に入り浸るようになっていた。

いつの間にか宿直のシフトにも組み込まれていたのは、真冬は葬儀場の繁忙期であり、葬祭部社員の疲労もピークに達しているためだ。

「おはようございます。のん気にコーヒーを飲んでいる場合ではないと思うのですが」

さりげなく玄関方面を示しながら挨拶をすると、漆原は顔も上げずに応えた。

「大して積もっていないし、今回の担当は椎名だ。当然だろう」

返す言葉もなく、私は向かい側に座る。

「夜中に一件も電話が入らないなんて、珍しいですね。さすがに仏様も漆原さんを避けたんでしょうか」

ついつい言葉に嫌味を滲《にじ》ませれば、ようやく顔を上げた男は無言で壁の大きなホワイトボードを示した。今日から五日間の予定が、各階の式場ごとに書き込まれたものだ。

坂東会館は地上四階、地下一階建ての葬儀場である。二階、三階の式場のほか、四階の座敷を合わせれば、同時に三件の葬儀を行うことができる。

ホワイトボードは今夜と明日の昼を除いて、見事に真っ黒に埋まっていた。おまけに余白には、それ以降の式も追加されている。中には、二階三階の両方を使う大きな式もあるため、厳密に式場数と件数は一致しないが、それでも忙しいことは明らかだ。

「夜中には入っていないが、早朝にお迎えに行ってきた。ついさっき打ち合わせを終えたところだ。コーヒーくらい飲んでも文句を言われる筋合いはない」

「……失礼しました」

ホワイトボードをよく見れば、二階の式場で一番日付の遠い式が漆原の担当になっていた。このところ、常に式の予定で埋め尽くされ、一件終えてもすぐに次の葬儀が書き込まれるため、更新されていたことにも気付かないことが時々あるのだ。

「霊安室もずっと満員だな。次に電話が鳴れば、外部の安置所かご自宅だ。亡くなる人は待ってはくれないが、こちらは青天井というわけにもいかない。おまけに明日は友引で、通夜もできない。一件くらい、友引でも気にしないという葬家があれば大歓迎なのにな」

「さすがに誰もやりませんよ」

そもそも、友引の日を定休日としている火葬場が大半である。そうでもしないと、この業界で働く人は休みを取るのも難しそうだ。

コーヒーを飲み終えた漆原は、几帳面《きちょうめん》に新聞を畳んだ。どうやら仕事を始めるらしい。仕事に入る時の漆原は、それまでとは違った空気をまとう。いつの間にか私も自然と姿勢を正していた。

「今回の故人は、十七歳の少年だ。名前は片桐圭太《かたぎりけいた》君」

それが早朝にお迎えに行ったというご遺体だった。

「まだ高校生じゃないですか……」

お腹《なか》の奥のほうがずんと沈み込むような、やるせない気持ちになる。

「交通事故だ。喪主は父親の太一《たいち》さん、式場は坂東会館の二階に決まった。広めの式場をご希望だったため、少々先延ばしになるが、それも納得いただいている」

漆原は簡潔に情報だけを伝えてくる。

私はもう一度ホワイトボードへ目をやった。坂東会館で一番大きな二階の式場は、明日が友引で式ができないため、その後二日間にわたって既に埋まっていた。

「故人はまだ学生だからな。同級生だけでなく、小、中学校が一緒だった友人も弔問に来るかもしれない。何日か空いてしまうが、それでも多くの友人に見送ってもらうには、交通アクセスも便利な坂東会館がいいとのことだ」

私は漆原が広げた書類を覗き込んだ。

「どうでした、ご遺族の様子は」

家族の死を、すぐに受け入れられるご遺族などなかなかいない。ましてや、故人はまだ高校生で、交通事故による突然の死なのだ。

「悲しみよりも、衝撃のほうが大きいのだろう。昨夜、塾の帰りに事故に遭ったそうだ。病院に運ばれたものの、深夜に息を引き取っている」

「昨夜ですか。遅い時間なら、雪が降り始めていたかもしれませんね……」

「そうだな。スリップして突っ込んできた車と住宅の塀に挟まれて、救助も時間がかかったらしい」

痛々しい状況を聞かされ、私は唇を嚙《か》みしめた。

「事故の知らせを受けてからのご遺族は、まるで激流に飲み込まれるような感覚だっただろうな。喪主はどこか他人事《ひとごと》のような感じで、呆然《ぼうぜん》としていた」

「大丈夫でしょうか……」

「一緒にいたおばあさんが一番しっかりしていたよ。坂東会館も彼女のご指名だったらしい。圭太君はひとり息子だそうで、母親の加奈子《かなこ》さんはずっと泣き続けていた。打ち合わせは、ほとんどおばあさんとしたようなものさ」

「そうですか」

話を聞いただけで、苦しい気持ちになる。

母親は昨夜も夕食を用意して、圭太君の帰宅を待っていたに違いない。いつもと同じ夜になるはずが、圭太君が帰って来ることはなかった。朝、学校へ行くのを見送ったまま、息子の姿はそこで途切れてしまった。

「おい」

声を掛けられてはっと顔を上げると、漆原がじっと見つめていた。

私は〝気〟に敏感な体質を持っている。

他人の感情が伝わってきたり、その場に残った思念を感じ取ったりするのだ。死者に残された思念も例外ではない。一般的に霊感と呼ばれる感覚を与えてくれたのは、私が生まれる直前に亡くなった姉ではないかと思っている。

この体質のために、漆原から状況を聞かされただけで勝手に想像力が働いて、ご遺族の感情に同調してしまうのだ。ひどくなると体調まで悪くなってしまう。それを知っている漆原は、時々こうして引き戻してくれる。

「通夜はまだ先だ。ご遺体をお預かりしている間は、ご遺族の面会も可能だと伝えてある。事務所に寄るように言ってあるから、訪ねてきたら鍵を持って同行しろよ。他のスタッフにも伝えておけ」

すぐに式が行えない場合、数日間ご遺体をお預かりすることも珍しくはない。さらに長期保管が必要な場合や、ご遺族のご希望があれば、外部に委託してエンバーミングというご遺体の処理をしてもらう場合もあるが、二、三日程度ご遺体の状態を保つならば、ドライアイスで対応できる。その間、坂東会館では、ご遺族が好きな時にご遺体と面会できるように、霊安室へ案内することにしていた。

霊安室は五つのスペースに区切られ、それぞれの枕元には焼香台が置かれている。面会に訪れたご遺族は、台の上のネームプレートを確認し、時にはご遺体のお顔を見て、手を合わせるのだ。普段は施錠されており、ロウソクの火の管理もあるため、スタッフが同行する決まりになっていた。

「漆原さん、私も圭太君にお会いしてきても構いませんか」

頷《うなず》いた漆原は、立ち上がって保管庫から鍵を取り出した。どうやら一緒に行ってくれるようだ。

霊安室に収まったご遺体は、ストレッチャーに乗せた状態の場合もあれば、圭太君のようにすでに納棺を済ませて、棺《ひつぎ》用の台車に乗せられたものもある。圭太君はご遺体の損傷があるため、運ばれた時点で納棺したそうだ。

私たちは枕元の台をずらし、棺を手前のスペースに引き出した。ご遺族が面会に来た時もこのようにして、棺を囲めるようにしている。

漆原は手を合わせたのち、棺の窓を開けた。現れたお顔はきれいなもので、高校生というよりも幼く見えた。眠っているように穏やかな表情だからかもしれない。

しかし、それよりも下には、彼の命を奪った生々しい傷が隠されているはずだ。

漆原から聞かされた事故の状況を思い、自分の骨や内臓が押しつぶされるような感覚に背中がぞくりとする。圭太君を大切に育ててきたご遺族にしてみれば、圭太君の痛みを思うだけで身を切られるようなつらさだろう。

命とはなんて、もろく儚《はかな》いものかと思う。

坂東会館で圧倒的な件数を占めるのは、高齢者の葬儀である。そこでは遺影やご遺体と接しても、不思議なことにこれほどの切なさを感じることはない。お顔に深く刻まれた目元や口元の皺《しわ》、張りを失った肌からは、生を全うし、役目を終えた体を自然と実感できるからかもしれない。

しかし、若者の場合はそうではない。どうしても理不尽だという思いが先に来てしまう。

もう一度、棺の中の白い顔に視線を落とす。

突然、命の終わりを迎えた彼に、思い残すことはなかったのだろうか。そもそも、自分の死を受け止めることができているのかと、私はただじっと圭太君を見つめていた。

何か思いが残っているのならば、それを受け止めてあげたい。それが〝気〟を感じられる体質を持った自分の役目でもある気がするのだ。

ふと、圭太君の棺から漂う気配を私の心がとらえた。

柔らかくまとわりつくような感覚は、相手も何とかして伝えようとしているからなのかもしれない。欲しいものに手が届きそうで届かない、もどかしさにもどこか似ている。

お互いに伸ばした指先が一瞬だけ触れ合ったように感じた時、どっと湿っぽい思いが流れ込んできた。湿っぽいけれど、とても清らかで純粋な思いだった。

圭太君は、ただただ母親を案じていた。自分の死を嘆く母親を気遣っているのだ。

ひとり息子の切なく優しい思いに、私の心も締め付けられる。絞り出すように、私は漆原の名を呼んだ。

「隣の和室に行っていろ」

漆原には圭太君の気配を感じることができない。それでも、私たちが気持ちを通わせていることに気付き、静かに見守っていてくれたのかもしれない。私を先に和室へ行かせると、元通りに霊安室に施錠をした漆原が入ってきた。

「どうだった」

突然の痛ましい事故だ。初めから漆原は、圭太君が何か思いを抱えているのではないかと考えていたようだった。

「母親を案じる気持ちだけが強く伝わってきました。不思議です。自分が死んでしまったことを嘆くよりも、母親のことでいっぱいなんです」

私の言葉に漆原が頷いた。

「一瞬のことだったんだろうな。衝撃で意識を失い、気付いたら……というのもおかしな話だが、命を失っていたというところか」

「そんな状況で、母親が嘆き悲しむ姿を目の当たりにしたら心配になりますよね……」

自分のことよりも母親を思う圭太君が、死の瞬間に恐怖や苦痛を感じていなかったことを願った。

「今朝がた会っただけでも、母親がひとり息子を溺愛していたことはよく分かった。仲の良い母子だったようだな」

「お互いを思う気持ちの問題でしょうか」

幾度となく目にしてきた、別れの場面が鮮明に思い出される。親子、夫婦、家族。愛する人と離れたくないという思いが、何よりも大きいのだ。ただ、あまりに大きすぎれば、死者は旅立てず、残された者もなかなかその先へと進めない。

「でも、それだけでは終わらないだろうな」

「どうしてですか」

「考えてみろ。交通事故には加害者がいる。圭太君は被害者でもある。今はまだショックを受けている状態だが、母親の気持ちは、いずれそちらにも向くはずだ。子供を亡くした悲しみと、被害者という立場、その両方の苦しみを、両親は味わうんだ」

圭太君から感じた労《いた》わるような気配は、このように命を落としてしまった自分に対する、母親への申し訳なさなのかもしれない。断ち切られてしまった自分の未来よりも、母親に対する気持ちが彼の心には溢《あふ》れていて、それがよけいにやりきれない。

「きっと圭太君は、優しい子なのだと思います。お母さんが大好きだから、彼女を悲しませていることを、圭太君自身も悲しんでいるんです」

「母親が前を向けば、圭太君も安心してくれるか?」

漆原は呟《つぶや》き、わずかに口元を歪《ゆが》める。

「通夜はまだ先だ。それまでのご遺族の気持ちが心配だな」

「漆原さんは毎回、できるだけ早く式をやろうとしますね。どうしてですか」

これまで一緒に仕事をしてきて、可能な限り迅速なスケジュールを組むのがこの男のやり方だと分かってはいたが、そこに時間の問題だけでない意図があるような口ぶりが気になった。

「葬儀が後になるほど、ご遺族に空虚な時間が与えられてしまうからだ。この間に冷静に死を受け止めるご遺族もあれば、自宅にはご遺体もなく、葬儀も終えていないという状態で、さらに深い喪失感に苦しむご遺族もある」

「中途半端な状態に放置されるということですか」

「ゆっくり考えるのは、区切りをつけてからでいいのさ。まずは、葬儀で亡くなったことをはっきりと認知する。それが重要だと俺は思う」

葬儀は区切りの儀式だと、漆原からは何度も聞かされてきた。

葬儀を終えることで、気持ちの整理をつけ、ご遺族は次の一歩を踏み出そうとする。それが先延ばしになれば、待つ間は何も手つかずで、喪失感だけを味わうことになりかねない。

「現実問題でも、家族が亡くなった後は諸々《もろもろ》の手続きなどで慌ただしいものですから、早く葬儀を終えたいと思う方は多いと思います」

昨年祖母を亡くした私は、決して気持ちの整理だけでは済まされない、死後の様々な手続きの煩雑さを知った。

慣れないことに苦労する両親の話を聞きながら、やりきれない思いをどうすることもできなかった。ひとつひとつ、祖母の痕跡を消していくような手続きは、事務的なだけに残酷だった。嫌でも祖母の死を突き付けられ、まさに〝人ひとりがいなくなる〟ということを実感させられた。それは、骨のかけらとなった祖母を拾った時よりもなお悲しく、虚《むな》しくもあった。

押し黙った私をチラリと見た漆原は、話題を変えた。

「圭太君に、無念の思いや加害者に対する怨恨がなかったのは何よりも救いだな。根っからの優しい子なのだろう」

確かに、憎悪や怨念といった攻撃的な思念が残っていれば、それを和らげるのは難しいに違いない。

「母親の加奈子さんに、圭太君が案じていると伝えてあげたいですね……」

問題はどのように伝えられるかである。

「朗報があるぞ」

「朗報ですか？」

「片桐家は光照寺《こうしょうじ》の檀家《だんか》さんだ。僧侶は里見《さとみ》を呼ぶ」

光照寺は坂東会館が契約している真言宗豊山派《ぶざんは》寺院であり、漆原の友人で、僧侶の里見さんの実家だ。漆原が〝朗報〟と強調したのにも理由がある。里見さんは、私よりもはるかに死者の〝思い〟を感じ取ることができるのだ。


見積書を作成し、できる範囲での手配をすませると、事務所の窓から見える駐車場は薄暗くなっていた。壁の時計を見ればまだ四時半だが、真冬の夕暮れは早い。

それぞれの式を終えた葬祭部の担当者たちも戻ってきて、事務所が一番賑やかになる時間帯である。

明日は午前中に片桐さんのご自宅に伺い、見積書の確認と、ご遺影の写真を受け取る予定になっていた。

漆原が机の書類をまとめ始める。そろそろ帰るつもりなのだろう。今夜は友引前なので通夜がない。誰に気兼ねすることもなく帰宅することができるのだ。

「お帰りですか」

椅子から腰を上げたところで声を掛けると、漆原は私に顔を向けた。

「君も友引の前くらい、油を売っていないで早く帰れよ」

いつもならば研修中という立場上、他の担当者の通夜も見学するようにしているため、どうしても帰りが遅くなる。それを知っての気遣いかと、思わず笑顔になりかけた私は、振り返った漆原の表情にドキリとした。何やら嫌な予感がする。

「考えてみれば、もう一年近くも俺や他の奴《やつ》らの式を見るばかりで、そろそろ見学にも飽きた頃じゃないか」

何を言い出すのかと、私は慌てて首を振った。

「とんでもありません。毎回、気付かされることばかりです」

「そろそろ次のステップを考えなくてはいけない時期かもしれないな」

漆原はじっと考え込むようなそぶりを見せる。

「まだ、まだ早いです」

動揺する私には構わず、漆原は勝手に話を進めていく。

「まずは、司会をやってみるか」

私を見下ろしてニヤリとした漆原に、再び勢いよく首を振る。

友引前の解放感が、急激に黒く塗りつぶされていくような気がした。

「もっと現場に慣れないと、当分は無理だと思います」

「それは俺が判断することだ。この件については、また折を見て相談しよう」

私のか細い反論の声にも、全く容赦がなかった。相談などしてくれるはずもない。絶対に一方的にやらせようとするに違いないのだ。そのまま、事務所のドアに向かう。

「さっさと帰れよ。お疲れ様」

取り残された私は、予想もしなかった不安な思いにずしりと肩も心も重くなった。ざわざわとした事務所の声もどこか遠くに感じられる。

早く一人前になりたいと思いながらも、それがどういうことか深く考えてこなかった自分の浅はかさに呆《あき》れた。いつまでも漆原の式に見とれているわけにはいかないのだ。

漆原とほぼ入れ違いに、二階で行われた告別式の片付けを終えて、ホールスタッフの陽子《ようこ》さんが戻ってきた。

「美空ぁ、やっと今夜は早く帰れるねぇ」

感極まったように声を上げ、ふらふらと歩み寄ってきた陽子さんは、大袈裟《おおげさ》に私に抱き付いてくる。思わず受け止めてよしよしと頭を撫でれば、間近に見る彼女の目の下には大きなクマができていた。

前回の友引の夕方から、休みなく通夜と告別式を繰り返してきたのだ。常にあれこれと世話を焼く頼もしい陽子さんも、さすがに疲れ果てていた。私は先ほどまでのモヤモヤとした不安を心の奥にギュッと押し込める。

「今夜はちゃんとごはんを食べて、お風呂に浸《つ》かって、早く寝てくださいね」

まるで母親のようなことを言ってみても、陽子さんはぼんやりと頷くだけだった。漆原の言う通り、早く帰ったほうがよさそうだと、私はふたり分のタイムカードを切り、陽子さんの手を引いてさっさと坂東会館を後にした。

外の空気は、放心したような陽子さんも瞬時に目を覚ますほどに冷え切っていた。歩道の雪は解けていたが、街路樹の根元には氷のようになった塊がところどころに残っている。いつの間に晴れたのか、寒さの分だけ空も空気も澄み渡っているようで、群青色の空にいくつか見つけた星がやけに金色に輝いて見えた。

緩やかな坂をのぼり、スカイツリーのロータリーの手前で陽子さんと別れた。

いつもなら、眩《まばゆ》い塔を横目にそのまま地下鉄の駅へと降りるのだが、ふと暖かそうな光に誘われるように、スカイツリーと隣接する商業ビルへと入った。

圭太君の葬儀のことを思うとなんとなく気が重い。おまけに、いつ漆原が司会の話を切り出すのかと思うと、ますます目の前が暗くなる。すっかり沈んだ気持ちを宥《なだ》めるには、賑やかな場所に紛れ込むしかなさそうだった。

そのくせ、明るいビル内を歩くうちに「早く帰れ」という漆原の言葉を思い出し、急に悪いことをしているような気分になってしまう。そんな自分に苦笑が漏れる。

ならば、何かここに来た目的を作ろうと、家族へのお土産を買って帰ることに決めた。

何がいいだろうと考えた時、ふと目に留まったのは華やかなケーキが並べられたショーケースだった。色とりどりのフルーツをのせたタルトは、冬の季節にはやけに新鮮に映り、たちどころに心を摑《つか》まれた。

そういえば、昨年亡くなった祖母はモンブランが大好物だった。幼くして亡くなった姉には、真っ赤な苺《いちご》がたくさんのったタルトはどうだろうか。すっかり仏壇にもお供えする気になり、家族の好みに合わせたケーキを選ぶうちに、いつの間にか楽しい気分になっていたのは全く単純なものである。

両親、自分、姉、祖母の分と、五種類を選ぶとかなりの出費になってしまった。

それでもたまに早く帰る夜くらい、家族でケーキを食べながらゆっくりと過ごすのも悪くない。

もともと我が家の仲は良いほうだが、学生の頃に比べて、明らかにそろって過ごす時間は減っていた。仕事とはいえ、日々誰かの死を目の当たりにしていると、自分を温かく迎えてくれる家族の存在がいかに大切で、かけがえのないものか気付かされる。

ずしりとした箱を受け取り、下りのエスカレーターを目指して歩きだした時だった。不意に、後ろから「美空?」と声を掛けられた。

振り返ると、懐かしい顔があった。思いがけぬ再会に、驚いて立ち尽くす。

「やっぱり美空だ」

ほっとしたように微笑《ほほえ》んだのは、高校時代の同級生、白石夏海《しらいしなつみ》だった。

同じ区内に住んでいるとはいえ、高校を卒業して以来、一度も会うことがなかったのだ。私たちはどちらからともなく、同じビル内のカフェへと向かっていた。

夏海とは、三年生になって初めて同じクラスになったが、共に美術部に所属していたため、一年生の頃からよく知っていた。

もっとも、私はそう熱心な部員ではなかった。一年生の時分には、必ずどこかの部活に入らなくてはならないという規則があったため、中学からの友人に誘われるがまま入部したのが美術部だった。そこで夏海と出会った。

美術部は、毎年夏休みに区内のギャラリーを借りて行われる展覧会に出展する以外、特にノルマもなく、熱心に青春を謳歌《おうか》しようという積極性に欠ける私にはぴったりだった。

それでも放課後の美術室の雰囲気は穏やかで、その居心地の良さに、私は三年間美術部員であり続けた。

中には美大を志望し、真面目に石膏《せっこう》像をデッサンする熱心な部員もいたが、私と夏海は、気が向いた時に絵筆をとる程度で、おしゃべりをしている時間のほうがよほど長かった。

「私、このビルのテナントで働いているの。今日は早番で、夕方で上がりだったんだ」

大きな窓に面した席で注文を済ませると、夏海が先に口を開いた。積極的で明るい人柄が、久しぶりに会った気恥ずかしさを払拭してくれる。

夏海の勤務先は、私も知っているファッションブランドのお店だった。新入社員の合同研修を終えた後、自宅からも近いスカイツリータウン内の店舗に配属されたそうだ。

「美空、そんな恰好《かっこう》で平日のスカイツリーをフラフラしているなんて、もしかして、就職浪人？」

黒いスーツ姿の私をまじまじと見つめ、遠慮がちに発せられた問いに、思わず吹き出してしまった。

「ギリギリまで就職が決まらなかったのは確かだけど、ちゃんと社会人やっているよ。まだまだ半人前だけどね」

「なんの仕事？」

あと数か月で入社から一年となるが、いまだ就活生を思わせるいでたちの私に、いかにもアパレル店員といった華やかな装いの夏海は興味津々の様子だ。

私はしばし迷った。堂々と葬儀屋だと言えるほど経験があるわけでもなく、セレモニースタッフと言っても通じるかは疑問である。実際のところ、私たちの年代には、まだほとんどなじみのない世界だ。

「坂東会館って分かるかな？　すぐそこなんだけど……」

彼女の家は両国《りょうごく》駅の近くだったはずだ。両親と同居しているのだから、名前くらいは知っているかと思ったが、あっさりと首を振られてしまった。

「私、お葬式場で働いているの」

「社員？」

「そう。正社員」

夏海は目を見張った。「お葬式場……」と呟いた後、言葉を失った夏海に、私はそこから先の展開を予測して、カフェラテをひと口飲んだ。興味本位で様々なことを訊《き》かれる覚悟はできていた。

私たちの世代にとって、〝死〟はずっと遠い話だ。祖父母の葬儀などの経験があったとしても、どこか現実離れして、さほど記憶に残らないのが実情だろう。

日々別れゆく人々に接する中で心に満ち溢れる切なさややるせなさは、とうてい理解などできないとも思う。もっとも、それを感じてしまうのは、私がまだまだ半人前だからで、漆原のようなベテランになれば、これほど日々心をかき乱されることもないに違いない。

しかし、しばらく待ってみても夏海は何も訊いてはこなかった。

不思議に思い、向かい側に座った夏海を見て息を飲んだ。

彼女の表情は、先ほどまでの快活さを失い、血の気を失って強張《こわば》っていた。ぎゅっと唇を結び、テーブルの上で握りしめた拳に視線を落としている。

「どうしたの、夏海」

突然の変化に戸惑い、私のほうが訊ねてしまった。陰りのある険しい顔つきは、四年ぶりに再会して、大人びたというのとは明らかに違う。

「美空も、お葬式、できるの？」

思いもよらぬ質問に目を見張る。顔を上げた夏海は、じっと私の目を見つめていた。

「まだできないけど、いずれは……」

思いつめたような強い視線にぞっとする。

今、彼女を取り巻いているのは強い悲しみの念だった。諦めや絶望も入り混じったその思いは、私が坂東会館で感じるものとよく似ている。

お互いに見つめ合ったまま、しばらく沈黙が続いた。その間も、私の心は苦しいほどに夏海の悲しみを掬《すく》い取っている。ひたひたと水位を増してくるようなその切なさに、このままでは溢れてしまうと身構えた時、ようやく夏海が視線を逸《そ》らして言葉を放った。

「美空、教えて」

私はごくりと唾を飲み込んだ。

「遺体がなくても、お葬式ってできるの？」

その夜は、家に帰ってからも夏海のことで頭の中がいっぱいで、久しぶりに両親と向かい合った夕食の席もどこか上の空だった。

「美空からのお土産よ」

食後に母親がケーキの箱を開けると、根っからの甘党である父親が、子供のように目を輝かせた。母が紅茶を淹《い》れている間に、私は姉と祖母の分をお皿にのせ、仏壇の前に持っていく。こうしてお供えをしていると、一緒に食べているような気分になれるのだ。

居間に戻ると、父がさっそくフォークを口に運んでいた。父の大好物であるバナナを使ったティラミスは、予想通り口に合ったらしく、満面の笑みだった。

それだけではない。娘からのお土産というのがよほど嬉《うれ》しいのだろう。しかし、私の顔をチラリと見た父は、どこか遠慮がちに「うまい、うまい」とひとりで頷いている。華やかなケーキとは対照的な、私のどこか浮かない表情を気にしているに違いなかった。

気を利かせた母が、笑顔で口を挟む。

「お父さん、このごろカレンダーばっかり気にしているのよ」

友引を確認して、私が早く帰る日を楽しみにしているそうだ。何もかも暴露して、父親の矜《きょう》持《じ》を台無しにするのが私の母親である。しかしそんな日の夕食は、ことさら私の好物が並び、普段よりも豪勢だということもよく分かっていた。

両親の温かさに、押し黙っていたことをすまないと思う。こんな雰囲気では、せっかくのケーキも台無しだ。

「お母さん、夏海ちゃんを覚えている？　高校が一緒だった、白石夏海。さっきスカイツリータウンでばったり会ったの。あの中のお店で働いているんだって」

「覚えているわよ。卒業式で一緒に写真撮ったじゃないの。あら、坂東会館のすぐ近くにいたのねぇ」

「だったら、あのことも覚えている？」

母はふっと考えるような表情をし、頷いた。

「大騒ぎだったものねぇ。でも、あれからどうなったのかしら」

母の記憶にも残るほど大変な出来事を、高校最後の夏休みに、夏海は経験した。そして、それはまだ彼女の中で続いている。世間がすっかり忘れたとしても。

懐かしい友人に声を掛けられたことに浮かれて、〝あのこと〟を思い出しもしなかった自分が情けなかった。

「まだ、見つかっていないんだって」

母は眉を寄せて痛ましげにため息をついた。のん気な父が「なんだ」と顔を上げ、後でね、と窘《たしな》められる。

葬儀について相談されたことも話すと、父のカップに紅茶を注《つ》ぎ足しながら母が応えた。

「漆原さんに、お話ししてみたら?」

私はフォークを口に運びながら頷いた。もちろん、そのつもりだったのだ。

答えは分かっている。

ご遺体がなくても、葬儀はできる。

漆原ならばどんな葬儀でも可能にしてしまうというわけではなく、葬儀とはあくまでもご遺族からの依頼で行われるものだからだ。

そこには何の規定もなく、最近ではご本人から依頼された生前葬なるものもあるし、私が漆原や里見さんと初めて出会ったのは、骨葬という少し特殊な葬儀だった。

寡黙で近寄り難い漆原だが、思い切って相談してみれば、思いのほか的確な助言を与えてくれることはよく分かっていた。ただし、決して温かな口調でのアドバイスではない。

もっとも、本性を知っているのはともに働く私たちのみで、両親は漆原のことを、穏やかで誠実な、素晴らしい上司だと思いこんでいる。

私はフォークでつついていた、お皿の上の最後のひとかけを口に入れた。

オレンジとチョコレートのタルトは、最後にやけにほろ苦いオレンジピールの後味が残る。

ふと、仕事のない夜、漆原はどうしているのだろうと思った。

翌日訪れた片桐圭太君の自宅は、墨田区と江東区のちょうど境目あたりのマンションだった。リビングに案内されると、テーブルの上には写真が広げられ、横には何冊ものアルバムが積み上げられていた。

「すみません。どれにしようか、まだ決められなくて。昔からよく写真を撮っていたんですよ。ひとり息子ですから、かわいくてね」

父親の太一さんが慌ててテーブルの写真を寄せ集める。散らばったものは、最近のものらしく、デジカメやスマートフォンに入っていたものを急いでプリントしたようだった。

ご遺影用の写真なので、子供の頃のアルバムは必要ないはずなのだが、こういう時、全ての写真を出してくるご遺族は意外と多い。

単に同じ場所に保管されているからなのか、非常時ゆえに無意識に全て広げてしまうのか、もしくはこういう時だからこそ、全ての写真を眺めて故人を偲《しの》んでいるのか……、どれもがありそうな気がする。

「この表情がいいと思うんですけど、少し小さいですか」

太一さんが漆原に示したのは、制服姿の男子生徒が何人か並んだ写真だった。校外活動か何かの時に撮られたもののようだ。

「問題ありません。お顔が二センチ程度でも、鮮明であれば構わないのです。最近では、故人様のお人柄が偲ばれるものを好むご遺族様も多くいらっしゃいます。例えば、部活動をされていたら、ユニフォーム姿などもいいと思います。まだ迷っていらっしゃるのなら、ゆっくりお選びいただいて構いません」

太一さんがあくまでも鮮明に写っているものを選ぼうと真剣なのに対し、母親の加奈子さんはどこか上の空といった様子だった。

写真一枚一枚を眺めては、「これは入学式の校門で」「こっちは家族でキャンプに行って、たくさん蚊に刺されて……」と語り始め、一向に進まない。遺影写真を選ぶというよりも、記憶をひとつひとつ確かめているようだった。

彼女にとっては、全ての写真が息子との大切な思い出を切り取った瞬間である。そこに写った圭太君は、どれも笑顔で、そして、生きていた。

「生きていた」という事実は、「もういない」という現実を麻痺《まひ》させてくれる。私は、うっすらと微笑みを浮かべて写真を眺める彼女の姿に、胸を締め付けられる思いがした。

漆原は、ただじっとふたりの様子を見守っている。

「やっぱり、これにしよう」

太一さんが選んだものは、先ほどの制服姿の写真だった。

「去年の夏休みに、ボランティアで介護施設に行ったのよね。先生が撮ってくれたんですって。笑顔が優しくて、圭太らしい写真ね」

私は受け取った写真を丁寧に封筒に入れた。その様子をじっと見つめていた加奈子さんは、突然テーブルの上を覆いつくす写真をかき抱くように突っ伏し、大声で泣き出した。

「写真って残酷ですよね」

漆原の車は、三ツ目通りを押上《おしあげ》方面へと向かっている。赤信号になった時、私は漆原に話しかけた。

「写っているのはどれも元気な故人の姿です。おまけに写真は、何かしらイベントの時に撮るものじゃないですか。家族で集まった時や誕生日、旅行……、楽しい思い出と、現実とのギャップが大きすぎるんです。加奈子さんは、この先、もう何ひとつ圭太君との思い出を作ることができないと、写真を見ながら気付いてしまったんです。嘆くのも当然ですよね……」

「写真を見るたびに思い出すから見たくない、と言う人もあれば、写真の中ではいつでも会えると、心の拠《よ》りどころとする人もある。その人次第さ」

「あの母親は、どちらでしょうね」

「いずれにしろ、まだそういう段階ではないいな」

「はい……」

しかし、その直後、ちょっとした事件が起こってしまったのである。

夕方近くなり、圭太君のご遺族が霊安室のご遺体にお線香を上げにいらっしゃった。近くで暮らしているという祖母も一緒だった。

担当者が在席している時は、本人が霊安室までご案内することになっている。最初から最後まで、できる限り担当者がご遺族に寄り添うというのが坂東会館の方針である。

漆原が案内し、私は後ろからそっと付いていった。

三人は棺の前に並び、線香を上げると無言で手を合わせていた。祈りの姿勢を解いた後も、じっと棺を見下ろし、動こうとしなかった。

そのうちに、加奈子さんだけが顔を背けるようにして、急に出口へと走った。

漆原が振り向き、扉の横に控えていた私を目で促す。私は彼女を追った。

加奈子さんは、エレベーターホールに置かれたソファに縋り付くようにしゃがみ込み、肩を震わせていた。押し殺したすすり泣きの声が、しんとした空間にくぐもっている。

私は後ろから彼女に寄り添って、そっと手のひらで背中をさすった。かける言葉が見つからなかった。ただ、ゆっくりと、むせび泣く彼女の背中をさすり続けた。

「……さっきまでは耐えられたんです。家では、あの子がいなくても、友達と遊びに行っているとか、塾で帰りが遅いんだって、思うことができたから……」

すすり泣きの間から、震える声が漏れる。

「でも、棺の中の顔を見たら、もう圭太はいないんだって。待っていても帰ってくることはないんだって、思い知らされた気がして……」

太一さんが出てきたので、私は立ち上がって自分の場所を明け渡した。彼は労わるように加奈子さんの肩を抱き、立ち上がらせようとする。

その時、エレベーターが地下に到着し、思わず私たちは顔を向けた。

開いた扉から姿を見せたのは、喪服姿の中年夫婦だった。

他のご遺体の面会であれば、誰か担当者が付くはずである。もしかして、上の階で行われる通夜の会葬者が、間違えて下りてきてしまったのではないか。

「片桐さんでしょうか」

意を決したように、男性のほうが口を開いた。よほど緊張しているのか、声が震えていた。しゃがんだままの圭太君の両親は、怪訝《けげん》な面持ちでその顔を見つめている。

「このたびは、うちの息子がとんでもないことをしでかしてしまい、誠に申し訳ありませんでした」

喪服姿の中年夫婦は、並んで深々と頭を下げたのだ。

私は愕然《がくぜん》とする。圭太君の事故を起こした、加害者の家族が来てしまったのだ。見ると、圭太君の両親の表情も、凍り付いたように固まっていた。

どうしたらいいのか分からず、縋るような思いで霊安室に目を向ければ、ちょうど圭太君の祖母と漆原が姿を見せた。こちらの様子に気付き、ふたりはさっと顔色を変える。その時の漆原の眼差《まなざ》しは、ぞっとするほど鋭く、冷たかった。

漆原が言葉を発するよりも早く動いたのは、意外なことに圭太君の祖母だった。彼女は、すぐ背後の霊安室の手近にあった台から香炉を抱えると、思いっ切り中の灰をつかんで、頭を下げ続ける夫婦に投げつけたのだ。

「何をしに来たんだ。帰れ、帰れ!」

二回、三回と灰を投げつけると、最後に空になった香炉を振り上げた。ふたりには当たらなかったものの、金属製の香炉は床に転がって鋭い音を響かせる。それでもまだ気が済まないのか、投げるものを探すようにさまよう祖母の細い手首を、漆原がそっと押さえた。

「このようなことになってしまい、申し訳ありません」

漆原は祖母の手を押さえたまま、深く頭を下げる。その後で中年夫婦に向き直った。

「頭をお上げください」

ふたりは、ゆっくりと体を起こしたが、それでも目を上げられないようで、顔は床に向けたままだ。ふたりとも唇を噛みしめている。そこに容赦なく漆原の声が続いた。「どうぞ、お引き取りください」

「許していただけることではないのは分かっています。けれど、どうしてもお詫《わ》びがしたい。できれば、線香を上げさせていただきたいと思って……」

苦しげに紡がれる言葉も言い終わらぬうちに、「お引き取りください」と漆原が鋭く繰り返した。

ふたりは、もう一度深く頭を下げると、諦めたように階段へ向かって歩き始める。

「この人殺し！」

鋭い声が響いた。

背を向けたふたりにつかみ掛かったのは、今度は加奈子さんだった。

先ほどまでは、なんとか自分の気持ちを押し殺し、すすり泣いていた彼女が、今は心のタガが外れたように、大きな声で突然現れた夫婦を罵っていた。抑圧していた心の反動か、悲しみも怒りも全てぶつけるかのような激しさで、彼女は男性の背中に握りしめた拳を何度も何度も叩《たた》き付けている。

「圭太を返してよ、返せ、返せっ」

息を切らした彼女を、太一さんが押さえて男性から引きはがした。加奈子さんは床にへたり込んだが、じっとふたりを睨《にら》みつける顔は、まさに鬼の形相だった。

すぐに立ち去るべきだと直感したのだろう。ふたりは最後に一礼し、階段を駆け上がっていった。

入れ違いに、騒ぎを聞きつけた陽子さんと椎名さんが階段の上から顔を覗かせたが、たちまち漆原に睨まれ、さっと身を隠す。

静かになった空間に、加奈子さんの荒い息遣いだけが響いていた。私たちは、床に広がった灰を取り囲むような形で佇《たたず》んでいる。

「片桐様、大変申し訳ありませんでした」

漆原が深く腰を折り、私も慌てて、これでもかというくらい頭を下げた。

「あなたのせいではありませんよ」

どこか投げやりな口調で祖母が呟いた。声はかすれ、疲れが滲んでいる。

「いいえ。こちらに通してしまったのは、我々の責任です」

「違うわ、悪いのは、全部あいつらよ」

床にくずおれたままの加奈子さんが叫んだ。

「あいつらのせいで、こんなに苦しい思いをさせられているのよ」

祖母よりももっと暗く、情念を滲ませた低い声に、私は鳥肌が立った。


ご遺族を駐車場まで見送り、事務所に入った漆原は、周囲に鋭い視線を走らせた。

「誰だ、あの夫婦を地下に下ろしたのは」

共有スペースに座っていた陽子さんが、「すみません」と立ち上がった。

「先週入ったばかりのホールスタッフの八木《やぎ》さんです。交代で休憩を取っていたんですが、ちょうど葬祭部の人も式場に行っていて、彼女しかいなかったようです。片桐さんが面会にいらしたところを見ていたので、お連れ様だと思ったようで……。彼女には、厳しく言っておきます」

とうの八木さんがこの場にいないことに、私は心から安堵《あんど》した。この繁忙期に救いの女神のように登場した新人アルバイトだ。ただでさえ近寄り難い雰囲気を醸し出す漆原の逆鱗《げきりん》に触れれば、逃げ出してしまうに違いない。常に人手不足のこの職場で、それだけは避けたいという切実な思いは、陽子さんも私も同じである。

漆原は怒りの矛先を変えたようだ。

「椎名、お前もいなかったのか」

「ついさっき打ち合わせから戻ったところですよ。何でも僕のせいにしないでください」

椎名さんは忙しいそぶりで見積書に視線を落とし、触らぬ神に祟《たた》りなしを実践している。

漆原は仁王立ちで腕を組んだまま、わざとらしくため息をついた。

「クレーム覚悟だな、これは」

ぞっとするひと言を残して、そのまま事務所を出ようとする。私は慌てて呼び止めた。

「灰の後始末なら私がしてきますっ」

「美空、私も手伝うよ」

陽子さんの言葉を漆原が遮った。

「赤坂《あかさか》さんは休憩中だろう。通夜に遅れるぞ。俺が行くからいい」

いつでも不機嫌なように見える漆原が、今回ばかりは本当にご機嫌ななめだ。私は陽子さんにそっと耳打ちした。

「ごめんなさい。式場に戻る前に、美味《おい》しいコーヒー、落としておいてもらえますか」

地下に下りた私は、箒《ほうき》で灰を掃き取り、最後にざらついた床を水拭きした。金属製の香炉に傷はなかったが、床が少しへこんでいた。社長が気付かないことを祈るのみだ。つくづく、あのふたりに命中しなくてよかったと思った。

漆原は霊安室で棺の位置を戻し、ロウソクの火の始末をしていた。私はそばに寄って、空になった香炉を灰で満たしながら、慎重にタイミングをみて話しかける。

「さっき、どうしてすぐに止めなかったんですか」

祖母の隣にいた漆原ならば、灰を全て投げつける前に止められたはずなのだ。

「わざとですか」

漆原はチラリと私を見て、さらりと言った。「どうせクレームになるなら、気が済むまでやらせてやろうと思っただけだ」

こういうところがこの男の不可解な部分だ。私ならすぐに止めに入るだろう。しかし、ご遺族の気持ちを重視するという点では、漆原のほうが正しいように思う。

「ただ、少しまずいことになったな」

「どうしてですか」

「母親のほうだ。悲しみが怒りにすり替わってしまったかもしれない」

私は、最後に彼女から発せられた、情念のこもった声を思い出した。


圭太君の通夜当日、私は準備を終えた二階の式場を眺めていた。

開式前のひっそりとした空間の中で、白木の祭壇が圧倒的な存在感を放っている。坂東会館の仏式の祭壇の中では、最も大規模なものだ。供花は祭壇の両側をびっしりと埋め尽くすように置かれている。祭壇を彩る菊、百合《ゆり》、蘭《らん》といった組み合わせは、いかにも昔ながらの葬儀といった様相で、圭太君の祖母の意見が大いに反映されているそうだ。

だからだろうか。十七歳という若さでこの世を去った圭太君には、いささか重厚で、厳《おごそ》かすぎる感が否めない。じっと祭壇を見つめていた私は、いや、違うと思った。不釣り合いなこの重々しさが、逆に手の届かないところへと旅立ってしまったことを実感させてくれるのだ。

圭太君のご遺族は早めに到着していた。漆原とともにご挨拶に伺った私は、控室に満ちた不穏な空気に、入り口で足をすくませてしまった。

漆原が懸念した通りだった。

部屋の中は悲しみよりも怒りで満ちている。〝気〟に敏感な体質が、こういう時は煩わしい。加奈子さんから発せられた怒りが、ピリピリと私の肌を焼くようだった。

どうして自分ばかりがつらい思いをするのか。加害者はほとんど無傷だったというのに。あいつが代わりに死ねばよかったのに。どうして、圭太だけ死ななくてはならないのか……。

もはや彼女の中では、自分以外の全てのものが敵だった。完全に〝自分〟が悲劇の中心になっているようで、他のものは一切目に入っていない。圭太君すらも……。

息子を失い、悲嘆に暮れていた先日までの姿はどこにもなかった。怒りや理不尽だという思いが急激に増幅された彼女の中では、息子の死を悼む気持ちすら、怒りに置き換えられてしまっている。思いもよらぬ母親の変化に、圭太君が心を痛めている気がして、それが私にも悲しかった。彼が大好きな母親は、今は圭太君を見つめていない。

現に昨日、霊安室の圭太君のもとを訪れたのは、父親と祖母のふたりだけだった。

加奈子さんは、「また加害者の両親と会ったら嫌だから行かない」と言ったというのだ。それがまた私を切ない気持ちにさせた。

控室を出た漆原を見れば、眉間には深い溝が刻まれていた。

式場の準備はまさに最終段階だった。パーテーションで区切られたお清め会場では、陽子さんが指示を出し、テーブルを並べて真っ白なビニールクロスをかけている。

エレベーターからは、返礼品を運んできた「まごころ返礼」の大塚《おおつか》さんが、いくつもの段ボール箱を重ねた台車を器用に押して出てくる。

パーテーションの陰から祭壇を覗いた私は、思わず声を上げた。

早くも到着した光照寺の里見さんが、祭壇の前で圭太君に手を合わせていたからだ。

「漆原さんっ」

大塚さんと納品数の確認をしていた漆原が顔を上げた。式場を指し示す私に、察しのよい漆原は、わずかに口元をほころばせた。

「お疲れ様、ふたりとも」

里見さんがにっこり微笑む。それだけでほっと肩の力が抜けるような気がする。

彼の穏やかで明るい人柄は、周囲の人々を和ませる。その上、亡くなった方の声にも耳を傾け、寄り添うことでその魂を癒すことができる。

「随分と早かったな」

「お前が早く来いって言ったんじゃないか。式の前にご遺体と対話をしてほしいって」

漆原の言葉に、里見さんは口をとがらせる。

「言ったが、せいぜい開式の一時間前で十分だ。まだ二時間もあるぞ」

「ゆっくりお話しできるに越したことはないでしょ。ここに来れば漆原もいるし、美空ちゃんもいる」

「こう毎日寒くては、寺に籠って暇を持て余しているんだろう？　清澄《きよすみ》庭園の散歩は日課じゃなかったのか？」

「寒い時期はお休みだよ」

悪びれもせずに応えた里見さんに私は吹き出し、漆原はため息をついた。

「父上や兄上たちは、毎日、通夜だ葬儀だと忙しいだろうにな。この季節に暇な坊主はお前くらいだ」

里見さんは四人兄弟の末っ子である。

「だからこうして、すぐに僧侶の手配がついたんだからね。感謝しなよ、漆原」

得意そうに胸を張る里見さんの言い分は、確かにもっともである。この僧侶にはかなわないと、思わず漆原と顔を見合わせた。

不意に里見さんが人差し指を口元にあてる。

そっと示した先を見れば、加奈子さんがロビーをフラフラと歩いていた。洗面所へでも立ったのだろうが、全く式場を気にした様子はない。

「あれがお母さん？　大丈夫かなぁ」

里見さんが眉を寄せ、私はかいつまんで状況を説明した。

「悲しみを怒りにすり替えてしまったのは、自分の心を守ろうとする本能的なものだよ。母親にとって、子供を失うことは何よりも耐え難いことだからね。目を背けたいのは当たり前だよ。命を奪った対象に敵意を向けるのも、仕方がないのかもしれない」

里見さんは視線を棺に、そして遺影へと向ける。

「でも、母親に圭太君のほうを向いてもらわないと、彼の気持ちは一方通行だね」

労わるような、優しい眼差しだった。

「優しそうな子だね。お母さんが大好きみたいだ」

既に里見さんは、圭太君と向き合っているようだ。

里見さんには、亡くなった人の姿がはっきりと見えるという。だとしたら、今の圭太君はどんな顔をしているのか。怒りのために変わってしまった母親の姿を見て、戸惑い、悲しんでいるかもしれない。

「とても優しい子だったとお母様がおっしゃっていました。仲の良い母子だったそうです」

「あの日の夕食は、圭太君の大好きなビーフシチューだった。いつも塾の帰りを待って、家族で食卓に着いていたんだ。母親から、早く帰っておいでって言われていた。遅くなれば、雪になるという予報もでていたしね。だけど、食べ損ねちゃった。せっかく作ってくれたのに、ごめんなさいって謝っている」

家を出る前の何気ない会話さえ、大きな心残りになるのかもしれない。言いつけを守れなかったことも、母親の作る大好物を食べられなかったことも。

「塾の模擬試験で、圭太君は一位だったんだって。早く伝えたくて、急いで帰るところだったんだ。母親の喜ぶ顔が見たかっただろうなぁ。かわいそうにね……」

いつものように家に帰ることができたのなら、暖かな部屋で両親とビーフシチューを食べ、試験の結果を報告し、さぞ幸せな食卓になっていたことだろう。

　しかし、圭太君は冷たい雨の中で事故に遭ってしまった。家族そろって食卓に着くことは、もう二度とないのだ。

「こんなことになってしまってごめんなさいって、圭太君は母親に謝ってばかりなんだ。死んでしまったのは自分なのに、ずっと母親を案じているよ。それなのに……」

　里見さんは、身じろぎもせずに祭壇に向き合っている。

「どうして僕を見てくれないのって、圭太君が泣いているんだ。自分の事故のせいで、優しかった母親が変わってしまったって、圭太君はひとりぼっちで悲しんでいる……」

　里見さんの声は、最後のほうが消え入りそうだった。祭壇に向けたままの顔は見えないが、時折洟《はな》をすする気配がある。私は、何か声を掛けなくてはと、必死に言葉を探した。しかし、漆原のほうが早かった。

「そろそろ他の親族も到着する時間だ。控室に行くぞ」

　漆原が先に出口に向かって歩きだす。「泣くなよ」

「うるさいな」

　黒いスーツの後ろ姿を睨んだ里見さんの目が、予想通り潤んでいた。

　控室に備え付けの電気ポットで急須にお湯を注ぎ、淹れたお茶を里見さんの前に置いた。

　僧衣の袖でこすったのか、目元が少し赤くなっていたが、漆原もそこに言及する気はないらしい。きっとこのふたりは、これまでもこうやって多くの死者を見送ってきたのだ。

ホールスタッフのアルバイトとして、何度も通夜と葬儀を経験してきたが、彼らと関わってからは、私の中でその意味合いは全く違うものとなっている。

「漆原、聞いている？」

「なんだ」

「圭太君の事故。起こしたのは、まだ十九歳の大学生だったんだ」

「圭太君とそんなに変わらない歳《とし》じゃないですか」

「そうなんだ」

先日、突如霊安室を訪れた夫婦の年齢を考えれば、確かに納得がいく。ほぼ同年代の夫婦が、片や子供を亡くし、片や事故の加害者側の立場となった。

私ははっとした。だからこそあの時、圭太君の母親は悲しみから怒りへと、急激に感情が変換されてしまったのではないか。

「十九歳ってことは、まだ免許も取り立てですか？　だからあんな事故を……」

「出張帰りの父親を、駅まで迎えに行く途中だったらしいよ。傘を持っていなくてね、そう距離はないし、タクシー乗り場も行列だったそうで、父親が呼び出したんだ。帰りは自分が運転するつもりでね……」

だからこそ、あの父親は自分を深く責めて謝罪に訪れたのだろう。灰に塗《まみ》れたまま、すごすごと引き返していった夫婦の後ろ姿を思い出し、胸が痛んだ。

「お前がそんなに情報通とは知らなかった」

漆原が湯呑《ゆの》みを傾ける。

「今回の事故は、僕の家からもそう遠くない場所だった。町内は噂《うわさ》で持ちきりだよ。片桐さんは、もともと光照寺の檀家さんだしね」

「俺も聞いてはいたさ。ご遺族が語らなくても、事故の状況など調べればいくらでも分かるからな。坂東会館にも、そういう噂に敏《さと》い奴がいる」

私は全く知らなかった。普段は澄ました顔で、噂話などに興味のないそぶりをしている漆原だが、必要な情報だけは別らしい。逆に私には、全く注意力がないということだ。

「圭太君は、本当に優しい子なんだ……」

里見さんは手のひらを温めるかのように、膝の上に置いた湯呑みをずっと両手で包み込んでいる。

「その時の状況が、圭太君の記憶に焼き付いているんだよ。僕にも、生々しく感じられてね……」

「いいぞ。言ってみろ」

そんな記憶を、ひとりで抱え込むのはさぞつらいだろうと漆原が促す。里見さんが、ずっと温かな湯呑みを包み込んでいた理由が分かった。私ならばきっと耐えられない。

「圭太君の目の前で、急に車がスリップした。驚いて顔を上げたら、目の前にライトが迫っていた。その時、圭太君は運転席の少年と目が合ってしまったんだ。圭太君の目には、少年の顔がはっきりと焼き付いている。圭太君もびっくりしたけど、少年もまた驚いて、怖くて、どうしていいか分からなかったんだと思うよ。ハンドルにしがみついて、何か叫んでいるようだった。車は、圭太君を塀に押し付けたまま、なかなか停《と》まらなかった。そのあたりまで、鮮明に記憶に残っている……」

里見さんはため息をつく。

「運転していた少年は、これから一生、人の命を奪ったという苦しみを抱えていかなくてはいけない。これは本人だけの問題ではないよね。それぞれの家族が、どうしようもない苦しみをあの夜、いきなり突き付けられたんだ。圭太君は、少年のことまで心配している。あの人はこれから、どうなっちゃうのかなって」

過ちは消せない。けれど、加害者だって苦しむということを、私は初めて気付かされた気がする。決して償うことのできない罪は、どうしていけばいいのだろうか。

「里見さん、圭太君は母親にも気付いてほしいんですね。今の彼女は、自分のことだけで頭がいっぱいですけど、他にも苦しんでいる人がいるって。それが加害者側となれば、とっても、とっても難しいことだと思いますが、圭太君は、きっとそこまで考えているんですね」

「そうだね。難しいことだ。でも、言ったでしょう？　優しい子だって。そういう子に育てたのは、母親だろうにね」

里見さんは、ようやくひと口お茶をすすった。

「加害者の両親は、必死になって葬儀場はどこかと探したんだろうな。それでも、ここを訪れるには、かなりの覚悟が必要だったに違いない。ただ、どうしても圭太君に手を合わせ、ご遺族に頭を下げなくてはならないと思ったんだ。当然、罵倒されることだって覚悟はしていたはずだ。でも、彼らは来た。彼らだって、自分の息子のことで大変だろうにな。圭太君には、その覚悟が分かったのさ。だからこそ、母親にも彼らの気持ちを受け止めてもらいたかった」

「許してあげてほしい、ってことですか?」

感情的には難しいだろう。圭太君は、彼らの息子に命を奪われてしまったのだから。

「せめて、受け入れるだけでもいいんじゃないかな。立場は違うけど、決して癒えない深い傷を負ったのは、どちらも同じだ。その上で、この先も生きていかなくてはならない。あとはただ、自分をしっかり見つめてほしいって、それだけだと思うよ」

里見さんが淡い緑のお茶の表面に目を落としたまま言うと、漆原は息をついた。

「明日になれば、圭太君は骨になってしまうからな」

「だから、母親と最後の夜を過ごしたいんだよ。怒りや憎悪でいっぱいの母親ではなく、ずっと圭太君を見守ってきた、優しい母親とね。たとえ言葉を交わせなくても、そばにいてほしい気持ちは、分かる気がするな」

「どうしたら、加奈子さんに圭太君のほうを向いてもらえるんでしょうか……」

しばし沈黙となった。それぞれが、母子の気持ちを通い合わせてあげたいと、じっと考え込む。ふと、先日の打ち合わせの情景を思い出した私は顔を上げた。

「漆原さん、写真です。片桐さんの家には、たくさんの写真がありましたよね」

里見さんが、興味津々といった様子で私を見つめている。

「今さらですけど、アルバムの提案をしてみたらどうでしょうか」

アルバムとは、つい最近になって椎名さんの提案で始まった新しいサービスだ。

写真についてのご遺族の思い入れを、常々熱く語っていた椎名さんは、オプションとして、故人の思い出の写真を集めたアルバムを作成してはどうかと言い出したのだ。

遺影にする一枚をなかなか決められないご遺族や、先日の圭太君の両親のように、写真を選ぶうちに生前の故人を懐かしみ、思い出に浸るご遺族が多いことは事実である。

そこで、遺影の写真とは別に、ご遺族が選んだ写真を「故人のメモリアル」として、アルバムにするのだ。データ化してＤＶＤにするのが手っ取り早いが、ご高齢のご遺族もいるため、簡易製本をするという方法もある。

他の担当者の式ではすでに何件かご希望があり、「故人を懐かしむよすががができた」と好評らしい。早く用意ができれば、通夜の受付スペースなどに展示して、会葬者に故人を偲んでいただくこともできる。

説明を聞いた里見さんは、微笑んで頷いた。

「思い出の詰まった写真を眺めれば、母親の気持ちが圭太君へ向かうってことだね」

「そうです。片桐さんのご自宅には、たくさんの写真がありました。ひとり息子の成長を、少しでも残しておきたいと撮り続けてきたものです。現に、遺影の写真を選ぶ時も、お母様は一枚一枚、その時の思い出を語ってくださいました」

私の熱弁を、冷静な漆原の声が遮った。

「今から提案しても、アルバム用の写真を選ぶのは通夜を終えて帰宅してからだ。どちらにせよ、圭太君のご遺体は式場でひとりになるぞ」

残された時間は今夜しかない。せめて昨日のうちにアルバムの存在に気付いていればと、私は奥歯を噛みしめた。

しばし顎に指を添えて考え込んでいた里見さんが、不意ににっこりと微笑んだ。

「任せて。僕も頑張ってみるよ」


漆原の厳かな開式の宣言で、通夜が始まった。

遺族席に着いた時から、すでに加奈子さんは涙を流し続けている。

私はきゅっと唇を噛んだ。彼女の悲しみが、決して圭太君へと向けられたものでないことがはっきりと分かるからだ。

彼女から発散される強い思いは、なぜ自分がこんなところに座っていなくてはならないのかという不条理への嘆きに溢れていた。

それぞれが抱える思いとは関わりなく、粛々と通夜は進んでいく。

加奈子さんの張りつめた雰囲気と、少年の早すぎる死を悼む人々の悲愴《ひそう》な面持ちに、私はずっと身を強張らせていた。唯一の救いは、いつもと変わらぬ、里見さんの朗々と響く澄んだ読経の声だった。

焼香が始まり、私は漆原の進行に従って会葬者を誘導していく。圭太君の同級生や、小、中学校の友人に差し掛かると、加奈子さんの感情がますます高ぶってくるのが感じられた。

〝どうして、あなたたちは生きているのに、圭太は死んでしまったの、あなたたちと圭太は何が違うの〟

私はいたたまれない気持ちになった。祭壇の圭太君の遺影をまともに見ることができず、終始視線を落としたまま、何とか役目を終えた。

やがて読経は終わり、里見さんが退場する。遺族や親族もお清め会場へと移動していた。今夜は、里見さんも、お清め会場のご遺族に同席している。

里見さんが提案し、通夜直前の打ち合わせの際に、漆原が喪主である太一さんに確認をとっていた。もともと、片桐さんは光照寺の檀家さんでもあり、祖母は大歓迎といった様子だった。

私は式場のパーテーションの陰から、こっそりと様子を覗いていた。里見さんとご遺族の様子が気になって仕方がないのだ。

漆原はというと、全く興味を示さず、いつものように翌日の進行表を確認している。それだけ里見さんを信頼しているということなのだろうが、私はどうしても好奇心に逆らえなかった。

儀式用の袈裟姿から着替えた里見さんは、楚々として喪主と祖母の間の席に着いている。こういった場にも慣れているのか、人懐っこい性格のためか、里見さんは柔和な笑みを絶やすことなく、祖母の話に耳を傾け、頷きつつも応える様子は堂に入っている。

ふと、里見さんは会話に加わろうとしない加奈子さんにも声を掛け、柔らかく微笑んだ。慈悲の心を無防備に振りまく里見さんには、何もかも打ち明けてしまいたくなる。まるで全てをあまねく照らす大日如来のようだ。

加奈子さんも、心の中の嘆きを全て吐き出してしまえばいいと思う。里見さんならば必ず受け止めてくれる。怒りも、悲しみも全て受け止め、一緒になって傷ついてくれるはずだ。

里見さんは、加奈子さんに何かを訊ねているようだった。それまで無表情だった彼女は、ふと表情を和らげ、それに応えている。里見さんが頷く。すると、今度は加奈子さんからぽつぽつと何かを語り始め、次には積極的に話していた。全く予想外のことだった。

しばらくののち、加奈子さんはいきなり席を立つと、式場へと向かって走ってくるではないか。私は慌てて司会台の漆原の隣へ退いた。

彼女はまっすぐに棺へと向かうと、圭太君の名前を呼びながら棺に縋り付いた。彼女は泣いていた。今まで見てきた彼女の涙の中で、一番切ない涙だった。

「圭太、また、圭太の大好きなビーフシチューを作るから、帰っておいで。一緒に食べよう。たくさんおかわりして、美味しいって笑ってよ。圭太がいないと、お母さん、どうしていいか分からないの。圭太、目を開けてよ。ねぇ、圭太、お願いだから、帰ってきて……」

一体、加奈子さんに何が起きたのだろうか。私と漆原は、突然の変化に目を見張るばかりだった。いつの間にか里見さんが横に来て、静かにその姿を見つめていた。

「彼女が落ち着いたら、アルバムの提案もしてごらん。僕はお先に。お疲れ様」

「帰るのか」

「うん。漆原たちが終わるまで待っていられないもん。そのために、どれだけおばあさんにお酒を勧められても断ったんだから、誉めてよね」

お清め会場へと目をやれば、喪主も祖母も、母親とは逆に、穏やかな表情を浮かべていた。そこには、むしろようやく圭太君のために涙を流した加奈子さんに安堵したような気配すらあった。

喪主のもとへと向かった漆原に、圭太君の祖母が声を掛ける。

「さっき、お坊様からとてもいいお話を伺うことができました」

「どんなお話だったのですか」

「圭太の好きな食べ物は何かと、訊かれたのです」

祖母は、加奈子さんがいる式場のほうへと顔を向けた。

「また、作ってあげてくださいとおっしゃるんです。そして、みんなで召し上がってくださいって。これからも、圭太が喜ぶことをしてあげてください。それが、何よりの供養ですって。それでね、圭太が喜ぶこと、あの子が好きなことってなんだろうね、って話していたんです。そうしたら、加奈子さんが圭太の好きな食べ物や、お気に入りの服、よく見ていたテレビ番組、好きなアイドル……、どんどんどんどん話し出してね、そりゃそうよね。母親ですもの。圭太のこと、一番よく分かっているんですものね」

席を立った喪主が、加奈子さんの手を引いて戻ってきた。

祖母は椅子に座った彼女の背を撫でる。泣き続ける彼女を労わるように、その動きはどこまでも優しかった。別々の方向を向いていた家族の気持ちが、ようやく圭太君へと向かったのだ。

もうアルバムなど必要ないだろうか。いや、今だからこそ、作ってほしい。加奈子さんが、今の気持ちを忘れないよう、圭太君を思い出す手がかりとなるように。そして、彼の家族が、かけがえのない圭太君をともに悼んだ、心のつながりの証《あかし》となるように。

ようやく加奈子さんが泣き止《や》むと、漆原は喪主、母親、祖母の三人に向かって、アルバムのことを切り出した。

提案が遅れたことも詫びながら、先ほどのやりとりを聞き、圭太君の様々な姿をとどめる品としてお薦めすべきだと感じた、とまとめる様子はさすが漆原だった。

真っ先に加奈子さんが「ぜひお願いします」と頭を下げ、喪主と祖母も頷く。

今さらの提案であったため、喪主の太一さんはアルバムの作成は急がないと言ってくれた。ただ、加奈子さんは、今夜、この場所で圭太君の写真を選びたいと夫に頼んでいる。

圭太君と過ごせる最後の夜だ。息子の横で、これまでの思い出を振り返りたいという彼女の気持ちが、私にもよく分かった。

太一さんは頷いて、写真を取りに家へと戻ることになった。式場を出る時に、彼は漆原に頭を下げた。

「漆原さん、打ち合わせの時のたくさんの写真を覚えていてくれたんですね。どうなることかと思いましたが、これで、妻も圭太の死を受け入れることができたと思います」

漆原は、里見さんのお話のおかげだと告げ、穏やかな表情を浮かべただけだった。

翌日の葬儀、告別式は滞りなく執り行われ、霊柩車《れいきゅうしゃ》とご遺族を乗せたマイクロバスが火葬場に到着した。

いくつも並んだ炉の前で、いよいよ最後のお別れとなる。加奈子さんは、棺がゆっくりと炉の中に入れられ、重厚な扉が閉まってゆくのをただじっと見つめていた。

もう泣いてはいなかった。喪主である太一さんも、祖母も、じっと無言で見つめていた。

私は手続きに行っている漆原に代わり、ご遺族を控室に案内していた。火葬場の内部は広くて、迷路のように入り組んでいる。

無機質な炉前の印象とは違い、控室のある別棟は窓が多く、明るい光が差し込んでいた。建物を取り囲むように植えられた木々は、窓のすぐ近くまで枝を伸ばしている。真冬の今は、葉を落とした細い枝の間から覗く、真っ青な空が目に眩《まぶ》しかった。

長い廊下の右手には、いくつもの控室が並んでおり、そのひとつひとつに葬家の名前が書かれたプレートが嵌《は》められている。廊下ですれ違うのは全てが喪服の人々で、お年寄りから、幼い子供まで様々だ。静かな空間に、時折収骨の時間を告げる放送が流れる。

前方に漆原の姿が見えた。手続きを終え、収骨時間を確認してきたのだ。

加奈子さんは、喪主や祖母、ほかの親族が控室に入るのを見届けたまま、自分は入り口に佇んでいた。時折、廊下に目をやり、行き交う喪服の人々をぼんやりと眺めている。

「どうされました」

漆原がそっと訊ねた。

彼女は、ゆっくりと顔をこちらに向ける。

「たくさん、いらっしゃるんだなと思って」

意味を測りかねていると、少し口元を緩めて、もう一度言った。

「こんなに、誰かを亡くした人がいるんですね」

加奈子さんは続ける。

「圭太を亡くした私たちだけが、世界から取り残されたみたいに、絶望の淵《ふち》に叩き落とされたと思っていました。だけど、ここに来て、他にも亡くなる方がたくさんいて、その家族の方々もやっぱり同じように悲しんでいるのかと思ったら、自分だけではないんだと、少しほっとしたというか……」

彼女は少し笑い、目尻に浮かんだ涙を指で拭った。

「なんだか、おかしいですね、そんなことを思うのって」

「おかしくはありませんよ」

漆原は静かに応じた。

「同じ境遇の方を見て、自分だけではないと励まされるのは、あなたの強さです。日常の中ではなかなか意識はしませんが、こうして、日々、人は亡くなっていく。圭太君のような若い命も例外ではありません。もちろん、生まれてくる命もある。当たり前のことです。でも、こういう時でないと、その当たり前のことには気付きません。今日だけでも、この場所で一体いくつのご遺体が灰になるのでしょう。それを見送る人の数だけ、悲しみもまたあるのです。ですが、私たちは生きている。また、日常に戻っていかねばなりません。ここにいらっしゃる方々が同志だと思えば、少しは心強い気がしませんか」

「そうですね、私だけではない……」

「なんの慰めにもなりませんが、私はそう思うのです」

とかく自分だけが苦しんでいると思ってしまうのが人間だ。漆原の言葉に、それは違うのだと気付かされる。加奈子さんには、何よりも励みとなる言葉のはずだ。

「漆原さん……」

「はい」

彼女は少し思案したのち、顔を上げてじっと漆原の目を見つめた。

「いつか、もし、またあのご夫婦が、圭太にお線香を上げたいと訪ねていらっしゃったら、今度はちゃんと迎え入れることができるでしょうか」

漆原は相変わらずまっすぐに立ったまま、加奈子さんの視線を正面から受け止めていた。

「急ぐ必要はないと思います。心の準備が整った時、そうすることで、あなたも、あちらの方も、ようやく心の荷を下ろすことができるのではないでしょうか。そして、それが圭太君の望むことでもあるように思います」

加奈子さんは言葉を反芻《はんすう》しているかのように、しばらく身じろぎもしなかった。やがて、そっと両手で喪服の胸を押さえた。

「そうですね。私もそう思います。あの子は優しい子でしたから」

漆原は小さく頷く。穏やかで、真摯な面持ちで。

「どうぞ、まだお時間がございます。この後もご会食などが続きますから、少しでもお休みください」

「変なことを訊いてすみませんでした。でも、ありがとうございました」

彼女は喪主の隣の席へと向かう。祖母がお茶の入った湯呑みを手渡し、喪主が妻を気遣っている。もう、このご遺族は大丈夫だ。

私たちは収骨の案内があるまで、ロビーで待つことにした。

「漆原さんの言葉って、なんだかどれも説得力がありますね」

ソファに座った漆原は、少し首を上げて高い天井を見つめた。

「俺も、同じように感じたことがあるからな」

「え？」

「葬儀場には、次から次へと悲しむ人々がやってくる。それがあるから、葬儀屋になったようなものだ」

「聞きたいです、漆原さんが、葬儀屋さんになった理由」

私は漆原のことを何も知らない。ただ、この男が発する言葉のひとつひとつが、どれも切実に胸に迫ってくるのは、実体験によるものだからだろうと、どこかで気付いている。

「少なくとも、君のように就職に失敗して、葬儀屋になったわけではない」

私が長い就職活動の末に、結局バイト先だった坂東会館に就職した経緯をよく知る漆原に言われてしまえば、ぐうの音も出ない。

漆原は面倒くさそうに目を閉じた。話す気はないのだろうと思い、無理強いするのはやめることにする。

「いつか、聞かせてもらえますか。漆原さんの志望動機」

「気が向いたらな」

漆原は、腕を組んで背もたれに深く背を預けたまま、相変わらず目を閉じている。私も同じようにソファに深く沈み込んだ。自然と上を向くような姿勢になって、高い窓を見上げた。きれいな青空だった。

なんとなく想像はしていた。漆原も、誰かの死がきっかけとなって葬儀の業界に入ったのかもしれないと。私に大きな影響を与えたのは、漆原や里見さんに出会ったことに違いないが、より深く関わりたいと思ったのは、やはり祖母の死がきっかけだった。自らが大きな喪失と悲しみを経験したことによって、同じ境遇の人たちに寄り添うことができると確信したからだ。

「そういえば……」

手持無沙汰になってしまったので、ずっと気がかりだったことを切り出すなら今しかないと思った。

「先日、スカイツリータウンで高校時代の友人とばったり会ったんです。そこで、ちょっと厄介なことを相談されました……」

「君たちの悩みごとなど、俺には範疇《はんちゅう》外だ」

「恋愛相談とか、そういうんじゃありませんよ。葬儀がらみです」

「君たちの年代で？」

少しだけ興味を示したのをいいことに、私は高校時代最後の夏休みに、夏海が経験したつらい出来事を語ることにした。

「友人のお兄さんが、五年以上も行方不明なんです」

「失踪か？」

「いえ。海です。大学生になってからサーフィンに熱中して、休みのたびに一宮《いちのみや》のほうまで行っていたそうなんですが、ある日、流されたんです。しばらく捜索も続けていたんですが、一向に見つからず、それきりです」

漆原は黙したままだ。

説明しているうちに、あの頃のことが思い出されてくる。二年生の時だったか。美術部の展覧会を訪れた夏海の兄は、日焼けした肌が精悍《せいかん》な印象で、兄弟のない私には眩しく映った。その彼が、一年後に姿を消したなんて、私にはとても信じられなかったのだ。あんなに力強く感じられた人が、まさか波にのまれてしまうなんて。

「彼女も、両親も、半分諦めてはいるんです。でも、どこかで可能性を信じている。だから前へ進めないんです。圭太君のお母さんが、霊安室に面会にいらした時に言っていました。家では圭太君がいなくても、友達と遊びに行っているとか、塾で帰りが遅いんだって思い込むことができたって。友人のお兄さんも、大学に入ると同時に家を出ていたので、よけいにどこかで生きている気がしてしまうみたいです」

私は漆原の目を見つめた。

「お兄さんが亡くなっているのなら、ちゃんと供養してあげたいそうです。生きていると信じ込んでいるせいで、成仏できていなかったらかわいそうだって」

「もっともな考えだな。で、どうしたいんだ」

「葬儀をすれば、亡くなったことを認められるのではないかと考えたようです。それで、遺体がなくても葬儀はできるのかと」

「確かに葬儀を行えば、死を公然と認めることになる。悪い考えではないとは思う。だが」

続く言葉は予想できた。

「もしも、君の友人の両親が、お兄さんが生きているかもしれないというわずかな希望や、そう思い込むことを支えにして、日々を送っているとしたら、そのささやかな救いを断ち切ることになる」

「葬儀は、あくまでも友人の考えです」

「それこそ、ゆっくり考えるべきだ。心の準備ができた時に行えばいいことだからな」

「そうですよね」

もう一度、夏海に会ったら話してみようと思う。無理に区切りをつける必要はあるのかと。わずかな希望に縋りながらでも、前へ進んでいけるならば、それもひとつの方法なのだ。

私はもう一度空を見上げる。雲ひとつない晴れ渡った青空だった。まさに今、圭太君はあの空の、もっともっと高いところへと昇っているのかもしれない。

だとしたら、夏海のお兄さんは、今頃どこを漂っているのだろう。

「圭太君のアルバムだが」

滞った空気を変えるかのように、漆原が口を開いた。

「オプションではなく、サービスにしよう。たいしてコストがかかるものでもないからな。霊安室前での騒動の謝罪だ。もっとも、今日のご遺族の様子を見れば、クレームがくるなんてことは、まずないだろうが」

もう圭太君のご家族は、圭太君を見送る覚悟ができている。圭太君を思いながら生きていく覚悟も。

「里見さんが言っていましたよ。今朝の圭太君は、とても穏やかだったって」

「母親が本当に一晩中横にいたんだろう？　宿直の青田《あおた》さんが教えてくれたよ。遺族の宿泊がある時は、夜中に巡回するからな」

「写真を圭太君に見せながら思い出を語って、最後は頬を撫でていてくれたんですって。圭太君が小さい頃、熱を出すたびに、母親がずっとそばにいてくれたことを思い出したそうです。目が覚めた時に隣に母親がいると、とっても安心できて、またすぐに眠れたって。私たちもそういう記憶ありますよね」

「ある気がするな」

「だから、圭太君はきっと今、お母さんに見守られて、ようやく安心して眠りについたと思うんです」

永い、永い眠りだ。いつか目覚めた時に、また母親と再会できたらいいねと、私は輝く空に向かってそっと願った。

第二話　遠景

とんでもない失態を犯してしまった。

坂東会館の事務所の奥にある、四畳半の和室である。

宿直の葬祭部社員が使う部屋だが、テレビがあるため、昼間はパートのホールスタッフのランチ室と化す。延べられた布団に横たわった私は、ぼんやりと天井を見つめていた。つい先ほど、立ち会った納棺で目を回してしまったのだった。

宿直の者が使う布団は、週に二度ほど貸布団屋さんが交換に来るが、少しだけ、男の人っぽい慣れないにおいがする。

「美空、大丈夫？」

遠慮がちな声とともに、先輩社員の陽子さんが襖《ふすま》を開けて覗き込んだ。葬儀場のイメージとは対極的な明るい人柄で、アルバイトやパートが大半のホールスタッフの取りまとめ役だ。

「はい、もうすっかり」

体を起こすと、とたんに視界が暗くなる。

「顔色悪いよ。まだ寝ていたほうがいいね」

「漆原さんは？」

「地下の和室で、ご葬家さんと打ち合わせしているよ」

「何か言っていました？」

「何も」

私は再びコロンとひっくり返った。具合が悪くて、というよりも、自分が情けなくて力が抜けたのだ。

「清水さんが目を回しちゃったんだって？」

朗らかな声とともに、陽子さんの横から覗き込んだのは、葬祭部の最古参、水神《みずかみ》さんだった。坂東社長の父親の代から坂東会館にいるという彼は、つるりとした坊主頭に柔和な笑みを湛《たた》えている。一見すると葬儀屋というよりも僧侶である。私も何度か、スーツ姿にもかかわらず式場で僧侶と間違われ、ご遺族に深々と頭を下げられる姿を目撃したことがあった。その度に見せる水神さんの困ったような表情を思い出すと、つい笑いがこみ上げてしまう。ちなみに彼の頭は、加齢による天然の禿頭《とくとう》である。

「おや、笑っている。元気そうで安心しましたよ」

陽子さんが差し出したお茶を受け取った水神さんは、一段高くなった和室の上がり口に腰を下ろした。

「落ち込まなくていいんです。最初は誰でもびっくりしますからね。そのうちに慣れると思いますよ」

彼は目を細めて美味しそうにお茶をすすった。

「慣れなかったら、どうしましょう」

慣れるかと言われれば、全く自信がない。そもそも私は、母親が包丁で指を切ったと慌てていても、そのわずかな傷口を目にしただけで血の気が引くほどの臆病者だ。

「まぁ、その時は漆原に任せればいい。そのための漆原です」

性格に難のある男なので、いつまで経《た》っても私が成長しなければ、どんな嫌味を言われるか知れたものではない。

「大丈夫。慣れます。椎名よりは優秀ですよ」

柔らかで丁寧な物腰の水神さんは、自信たっぷりに頷いた。

今回、漆原が担当する故人は、九十歳のおばあさんだ。名前を大垣《おおがき》ミヨさんという。

年齢を聞いた時は、大往生だなと気楽に捉えてしまった。しかし、死因を知ってなんとも言えない気持ちになった。自殺だったのだ。

どうしてそこまで生きてきて、最後に自死を選んでしまったのだろうか。だからこそ、漆原が担当に選ばれたに違いないが、私の心は〝老人の自殺〟という事実で勝手に暴走し、初めからぎりぎりの表面張力で保たれているような状態だった。

そもそも、おばあちゃん子だった私は、高齢者がつらい思いを味わっていたという状況がどうにもやりきれない。昨年亡くなった祖母が、もしも同じ立場だったらと思うと、切なくて、私まで苦しい気持ちになってしまうのだ。

検死を終えたご遺体ということもあって、納棺はご遺族の許可の下、先に済ませることになっていた。坂東会館の納棺部にはふたりのスタッフが在籍しているが、担当者がその役を果たす場合もある。私は後ろから、食い入るように漆原の動きを凝視していた。ご遺族が不在であろうと、やることに何も変わりはない。自分もいつかはやらなくてはいけないはずだ。だが、てきぱきと迷いもなく動く漆原の体の向こうに、チラリと見えてしまった不気味な色合いに目が釘付《くぎづ》けになった。

それは、自室で首を吊《つ》ったという彼女の首筋に残った痛々しい痕跡だった。いや、もしかしたら私の恐怖心が見せた錯覚だったのかもしれないし、何かの影がそう見えてしまっただけかもしれない。

そこから先は、思い出すのも情けない状態だった。冷汗が止まらなくなり、亡くなった老人の痛みを見せつけられた気がして、呼吸まで苦しくなってくる。そこで素直に、ご遺体のおばあさんに〝ごめんなさい〟と心の中で謝って、こっそり抜け出せばまだよかったのだ。何が何でも最後まで見届けなければという、的外れの我慢強さを中途半端に発揮した私は、案の定目を回してひっくり返った。一緒に見学していた椎名さんを驚かせた挙句、彼に引きずられて事務所へと強制送還されたのだ。

おそらく、チラリと白い目を向けたであろう漆原を想像すると、この後会うのが恐ろしく気まずい。納棺を終えた漆原は、遅れて到着したご遺族と、地下の和室で葬儀の打ち合わせを続けている。

「私も打ち合わせに……」

「漆原にやらせておきなさい。途中から行くのもご遺族様に失礼ですからね」

水神さんの言葉にしゅんとうなだれると、陽子さんが「そうそう」とカップを差し出した。

甘い香りにつられて手を伸ばせば、カップの中では薄茶色の液面にミルクが白い渦を巻いている。陽子さん特製のココアだ。輸入食品店で買ってくるという粉末ココアは、ホットチョコレートかというくらいに甘い。陽子さんはこれをロッカーに常備していて、特に疲れた時のためのご褒美にしているのである。しかも手渡されたココアは、単にお湯を注いだだけではなく、温めたミルクを加えたものだった。

「い、いいんですか」

「うん。これ飲んで元気出して」

仕事の失敗や体調よりも、精神的な落ち込みを気遣ってくれていることが、いっそう私を理解してくれているようで胸に沁《し》みる。その一方で、ふたりの温かな思いやりが、チクリと私の胸を刺した。追い詰められた理由が、もうひとつあるからだ。

実は、漆原から今回の葬儀の司会をやるように言われていたのだった。

私は両手で温かなカップを包み込み、ココアに口を付けた。

通常は陽子さんが使っている大きなマグカップは、ほどよい具合に私の表情を隠してくれている。ゆっくりとカップを傾けながら、私は大垣さんのご遺体を迎えに行った帰り道のことを思い出していた。

高齢者の自殺という状況から、漆原は小規模な式になると予測しているようだった。

「今回は君が、お迎えから納棺、火葬場まで、ひと通り立ち会ってお世話をすることになる。いい機会だ、司会をやってみろ。もちろん、サポートはするし、打ち合わせが終わったらみっちり特訓してやる」

その瞬間から、私は緊張感と焦りで、体温が急激に下がったような妙な体の心もとなさを覚えていた。それでも、素直に漆原に従ったのは、どうせ何を言っても聞き入れられないという諦めからだった。泣き言を言って、呆れられるのが悔しかったせいもある。

つくづく、自分が情けないと思う。ココアの甘さがやけに胸に沁みて、うっすらと涙が浮かびそうになる。心配そうに見つめていた陽子さんが、「ごめん、熱かったかな」とすまなそうに言い、私は小さく首を振って最後まで飲み切った。お腹の中が温かくて、自然と微笑みがこぼれた。

「ありがとうございました。後で、きちんとご遺体にお詫びしてきます。途中で目を回すなんて、失礼にもほどがありますよね」

大垣さんに祖母を重ねてしまっただけではなく、自分の不安定な気持ちまで上乗せして、勝手に倒れたのだ。大垣さんにしてみればいい迷惑に違いない。

「そうそう、その気持ちが大切ですよ。ご遺体だって、できるだけ元通りの姿でご遺族様にお会いになりたいでしょうし、ご遺族様にも、ちゃんとお顔を見てお別れをしていただきたいですからね。その準備を整えて差し上げるのも我々の大切な仕事です。特にお顔はね、重要だと思うんですよ。穏やかなお顔だと、何となく救われる気がするでしょう」

私はまだ温《ぬく》もりの残るカップを包み持ったまま、水神さんの優しい眼差しに頷いた。

「漆原さんにも、しっかり謝っておきます……」

何を言われようと、自分が未熟だったことに違いはない。水神さんと陽子さんのおかげで、焦ってばかりいた気持ちが落ち着き、大垣さんのためにしっかり仕事をしようという思いに切り替えることができた。

陽子さんが横から手を伸ばし、カップを受け取りながら微笑んだ。

「大丈夫、水神さんにも会えたし、これからうまくいくよ」

陽子さんの言葉に、水神さんは首を傾《かし》げている。

ベテラン故に寺院関係に顔がきき、外の現場が多い水神さんとは、同じ葬祭部にいながらもあまり顔を合わせる機会がない。そのため、〝水神さんに会えた日は良いことがある〟という謎のジンクスが、ホールスタッフの女性陣の間でまことしやかに語り継がれているのを、水神さんだけが知らないのだ。私は笑って頷いた。

打ち合わせは長引いているようで、漆原が戻ってきたのは二時間近く経ってからだった。

陽子さんはすぐに使用した和室の掃除のために席を立ち、すっかり回復した私もコーヒーを淹れようと給湯スペースへ向かった。

漆原は、換気扇の下で煙草を燻《くゆ》らせる水神さんの姿に気付くと、驚いたように目を見張り、次いで「ご無沙汰しております」と深く頭を下げた。水神さんのほうは相変わらず穏やかに、「元気にやっているか」と微笑んでいる。

漆原は数年前に坂東会館から独立して以来、外現場が多かったようなので、よほど久しぶりなのか、やけによそよそしい態度だった。普段はベテラン相手だろうが傍若無人な漆原も、父親ほどに年の違う水神さんには頭が上がらないのかもしれない。

私にチラリと目をやった漆原は、抱えていたパンフレットや書類を置いて、共有スペースの大きなテーブルに着いた。私はそっとコーヒーを置きながら失態を詫びる。

「もういいのか」

「はい。打ち合わせもお任せしてしまって、すみませんでした」

「同席していても、ただ横にいるだけだろう」

もっともなことを言われ、二の句が継げない。確かに、今の私はほぼ漆原とご遺族とのやりとりを聞いているだけだ。だが、とにかく見て、聞いて、慣れろと言ったのはこの男自身である。無意識にぐっと口を結んで押し黙っていると、口元にカップを寄せながら漆原が視線を上げた。

「顔色はいつもと変わらないな」

「どうせ単純なので立ち直りも早いんです。打ち合わせの内容、教えてください。日程からお願いします」

漆原は頷いた。

「自殺ということもあって、ご遺族は内々で早く終わらせることをご希望だ。明日の夜、四階で行う」

一報が入った時、高齢者の自殺と聞いたために、身寄りもなく世をはかなんで死を選んだのではないかと思った。しかし、ご遺族がいるとなると、ますます九十歳という年齢で自死を選んだ理由が気にかかる。

「四階ということは、本当にご家族だけなんですね」

「そうだ」

漆原の予想した通りだった。坂東会館の四階は座敷になっていて、どちらかというと葬儀よりも法事で使用することのほうが多い式場である。襖で半分に区切って、式場とお清め会場とに分けると、収容人数はかなり限られる。やはり司会をやらされそうだと、再び鼓動が速くなる気がした。

「喪主は、お子さんですか。お子さんといっても、かなりいいお年でしょうけど」

「娘婿が喪主だ。そのあたりに、事情がありそうだな」

「どういうことですか」

「娘さんはもう亡くなっている。喪主は義理の息子の山本泰志《やまもとやすし》さんだ。今回、亡くなったのは大垣さんだが、施主は山本家ということになるな。二年前の娘さんの葬儀も坂東会館だった。

喪主にはその記憶も新しいのだろう。初め、今回は火葬のみでいいと言ってきた。つまりは直葬でいいとな」

直葬とは、通夜や告別式を行わず、直接火葬場へご遺体をお運びするものだ。

最近は葬儀のスタイルも千差万別で、多くの人に見送ってもらう式を希望する方のほうが少なくなってきているとも言える。核家族化、生活様式の変化など様々な理由で、小規模な家族葬が主流となりつつあるが、その最たるものが直葬だった。亡くなったご本人が葬儀にお金をかける必要がないと言い残す場合もあり、理由は色々とあるだろうが、葬儀への意識も変わってきているのだと考えさせられてしまう。

「自殺だったら、理由はどうであれ、ご家族はなおのことしっかり弔ってあげたいと思うものではないでしょうか」

「一概にそうとは言えない。俺たちには分からない、様々な事情があるのだろうさ」

そう言われてしまえば、頷くよりほかはない。

家族間の人間関係、生活の状況、故人の性格など、確かに、他人には理解できない様々な事情がそれぞれの家庭にあるということを、私はこの仕事を続けているうちに思い知らされた。私のように家族の仲が良く、なんの不自由もない暮らしをしているのが当たり前だと思っていた自分を恥じるほどに。自分を基準にしてはいけない。私はあくまでも恵まれたケースなのだ。

「直葬ではなく、お式をすることにしたのはなぜですか？　漆原さんがご提案されたんですか？」

「そんな押し売りみたいなことができるか。喪主と、ふたりの息子たちの間でもめてな、おかげで随分と時間がかかった。つまりは、大垣さんのお孫さんだ。彼らのおかげで式を行うことになった」

「お孫さんたちは、どうやって父親を説得したんですか」

「あまりにもばあちゃんがかわいそうだってな。もっともだ。喪主も、息子ふたりにそう言われてしまえば、さすがに直葬とは言い張らなくなった」

少なくともお孫さんたちは、大垣さんのことを思ってくれていることに安堵する。

「漆原さん、私、九十歳の方が自死を選ぶ理由を、ずっと考えていました」

漆原を待つ間、ココアを飲み終えた私にできることは、反省と黙考しかなかったのだ。

「言ってみろ」

「ご病気や、お体に不自由なところがあって、生きていくのが苦しくなってしまった場合です。おひとりではつらいでしょうし、家族があれば、家族に介護の負担をかけたくないと思うかもしれません」

「他には？」

漆原はカップをテーブルに置くと、腕を組んでじっと私を見つめた。相手の話を真剣に聞こうとする漆原の態度は、私の気持ちを励ましてくれる。

「家族に厄介者扱いをされて、居場所がなくなってしまった場合です」

漆原の目がわずかに細められる。

「家で蔑《ないがし》ろにされたり、いつまで生きているんだ、なんて思われたりしたら、それこそ死んでしまいたくなるんじゃないでしょうか。学生や働いている私たちとは違って、高齢者にとっては家こそが唯一の居場所ですからね。そこに居づらくなれば、行き場がありません」

「さすが、おばあちゃん子だっただけあるな。高齢者の気持ちがよく分かるようだ」

昨年亡くなった祖母の葬儀を担当したのはこの漆原だった。

「うちの祖母は恵まれていたと思うんです。そのせいで、大垣さんはどんな気持ちだったんだろうって想像するとやり切れなくて……。だから、さっきはすみませんでした」

再び頭を下げた私を漆原が遮った。

「俺も無神経だった。考えてみれば、おばあさんを亡くしたばかりの君には荷が重かったかもしれない。それに、君は見た目よりも意外と繊細なことにも気が付いた」

やはり漆原には見抜かれていた。小心者のくせに、いざという時には見栄を張って動じないふりをしてしまう癖があることを。

「おまけに、今回の葬家はなかなか厄介だ。俺が表に出たほうがいいだろうな。いい例だ、君は色々なケースを経験して、司会はもうしばらく様子をみてからにしよう」

ほっとして、体から一気に力が抜けた。しかし、あまりにもあからさまに態度に出すわけにはいかないと思い、表情を引き締める。漆原の言葉にもひっかかった。

「ご葬家さんが厄介って……、そんなに打ち合わせが大変だったんですか。もしかして、大垣さんの自殺の原因はご葬家さんとか……」

漆原はゆっくりと視線を上げる。その時、突然横から別の声が割り込んできた。

「当然、そうですよ。明らかに、喪主は義理の母親を負担に思っていたのでしょう。そもそも、嫁の母親とは言え、もとをただせば他人ですからね。冷たいものですねぇ」

水神さんだった。漆原がうんざりしたようなため息をつく。思わぬところで、この男の弱点を見つけてしまった気がする。

「かつて、故人の娘さんの葬儀を担当したのは水神さんだ」

「話を聞いていて、もしやと思ったんです。お名前も、山本さんと大垣さんに聞き覚えがありましたからね、これは間違いないなと。そうですか、あのお母さん、亡くなっちゃったんですか。年齢の割には、お元気そうでしたけど、やっぱり、うまくいかなかったんですかねぇ」

このように、坂東会館を繰り返し使って下さるご葬家はわりと多い。地元の葬儀場として、いざという時に頼りにされる存在であることが、私たちにとっての誇りでもある。

「私が、大垣さんのご主人の時も担当したんです。だから、娘さんが亡くなった時は私をご指名でね。でも、さすがにご本人が亡くなってしまったら、そういうわけにもいかないですしね。まぁ、自ら命を絶たれたとあっては、漆原のほうが適任ですからねぇ」

水神さんはニヤリと笑う。しかし、それも一瞬のことで、すぐに柔和な表情に戻り、ひと口お茶をすすった。

「水神さん、では、教えてください。その時の状況は？　確か娘さんは、ご病気でお亡くなりでしたね」

漆原が訊ねる。表情は相変わらず生真面目なままだが、思わぬところで情報を入手できることに、心の中ではほくそ笑んでいるに違いない。

「話したいのは山々なんですけどね、私、そろそろ行かないと打ち合わせに遅れそうなんですよ。あ、車の中で話しましょうか。深川《ふかがわ》のほうです。ご住職とね、来週の米山《よねやま》家の法事の打ち合わせなんですよ」

「……お送りしましょう」

「助かります」

水神さんはにこりと笑った。

いつでもどこかひやりとした坂東会館から外に出ると、思いのほかに空気が温かく、うららかな早春の日差しが駐車場のアスファルトを温めていた。風に乗ってきた馥郁《ふくいく》たる香りに隣家の庭先に目をやれば、低木の沈丁《じんちょう》花《げ》がちょうど盛りだった。

仕事中なのも忘れて少し心が躍る。坂東会館の繁忙期もようやく終わるのだ。

通用口側の駐車場には、二台の寝台車が並んでおとなしく出番を待っている。漆原の黒いSUVは裏手の駐車場の定位置だ。

中肉中背の水神さんは、助手席のドアを開けながら、「漆原の車は車高が高くて、年寄りには乗りづらいんですよねぇ」などと、さりげなくセダンタイプへの乗り換えを要求している。もちろん漆原は応じない。

水神さんが寺院の名を口にすると、漆原はナビも設定せずに車を出した。寺院も病院も、仕事に関連する近隣の地図はすっかり頭に入っているようだ。

　水神さんがわずかに下げた助手席の窓から、後部座席の私のほうへ、ほのかに甘い香りをのせた春の風が流れ込んでくる。すこぶる気持ちがいいのは、一時とはいえ司会の重圧から逃れられたことも大きいだろう。

「大垣さんの娘さんはね、二年前にガンで亡くなっています。大垣さんもなかなか大変な方でね、息子さんもかなり前に亡くされていまして、ご主人が亡くなった後は、同じ墨田区内に住んでいた娘さんのところに身を寄せたんですよ。それが山本さんの家ですね」

　いつものことながら昼間の道路はそれなりに混み合っているが、深川までそう遠いわけでもない。水神さんは窓の外に目をやりながら、ぽつぽつと語り出した。

「山本さんは仕事も忙しかったようですし、大垣さんがずっと娘さんの入院先の病院に通っていたそうですよ。頼りにしていた娘さんが先に逝ってしまうなんて、どれだけ心細かったことでしょうねぇ」

「その時のご葬儀は、どんな感じだったんですか」

　漆原が黙ったままなので、私が口を挟んだ。

「一般的なご葬儀です。喪主はご主人、それに息子さんふたりと、ご親戚、あとは、故人様の友人やそれまでお勤めだった職場で親しくされていた人。まだ六十代で、十分に社会とのつながりのある方でしたからね」

「ご遺族の様子は？」

「もともと大垣さんとのご縁がありましたから、葬儀社は坂東会館を使って下さいましたが、それ以外はほとんど喪主の山本さん主導でしたね。健気《けなげ》に看病していた大垣さんはそっちのけでした。なんとなく、これから先、大丈夫なのかと心配になりましたよ。よそ様の事情にとやかく言うことはできませんが、家にいても肩身が狭いだろうなと。いっそ、施設にでも行かればいいのにと思いましたが、まぁ、お金もかかることですし、私にはなんとも……」

「今回、最初に喪主さんは直葬を希望したって言っていましたが、やっぱりお金の問題でしょうか」

実際に打ち合わせで山本さんとやりとりをした漆原が、前を見つめたまま応えた。

「それもあるだろうが、煩わされたくないといったところか。葬儀となると、家族葬でもそれなりに準備が必要だしな」

「それでも、亡くなった奥様のお母さんですよ。血も涙もないですね」

私はつい怒りを口調に滲ませてしまう。

「まぁ、小規模な式でも、行えることになってよかったんじゃないですか。少なくとも、お孫さんは、ちゃんと大垣さんのことを案じてくれたのでしょう？　きっと、状況を分かっていたからこそ、すまないと思っているのですよ。だから、せめて葬儀をとね」

宥めるような水神さんの口調に、私はしぶしぶ同意した。

「……そうですね」

「娘さんの葬儀の後でね、大垣さんがぽつんとひとりで佇んでいたんですよ。お位牌《いはい》やお骨、遺影は喪主とふたりのお孫さんが持ってね、大垣さんは何も持たせてもらっていなかった。なんかね、いたたまれなくなりました。娘さんがいなくなって、この人にはもう何もなくなってしまったのかなって」

水神さんはパワーウィンドウのスイッチを押し、窓を閉めた。それまで滑り込んでいた緩やかな風と騒音がピタリと止まり、よりはっきりと水神さんの声が聞こえる。

「あれから二年。彼女にとっては、長い期間だったと思いますよ。よい葬儀にしてあげてくださいね」

彼が言うよい葬儀とは、もちろん大垣さんにとってのものだ。彼女の気持ちを慰めることが私たちの仕事である。もちろん、ご遺族が彼女の自死について考え、悼んでくれるようにできれば、さらに申し分ないものとなる。

「では、このあたりで。漆原、助かったよ、ありがとう」

水神さんは車を停めさせると、助手席から転げ落ちるように降りた。もうしばらく走れば富《とみ》岡八幡宮《おかはちまんぐう》や深川不動尊の裏手に出るあたりだ。漆原はそのまま清澄通りへと抜ける。

「帰りはいいんですか」

道路の端っこで手を振っている水神さんに手を振り返しながら訊ねると、漆原は面白くもなさそうに応えた。

「どうせ夜まで住職と話して、そのまま檀家さんたちと宴会さ。あの人の営業方法だよ。だから人一倍情報も早い。自分の顧客をがっちり抱え込んでいるのさ」

「さすが古株ですねぇ。坂東会館でめったに姿を見ない理由が分かりました」

わずかな賞賛を込めて苦笑してしまう。ふと左手に目をやれば、清澄庭園の緑が見えてきた。

「光照寺さんには寄らないんですか」

「また、里見に頼ろうとしているな？　大垣さんは曹洞宗《そうとう》だ。残念だったな」

「ばれましたか」

「君の考えなどお見通しだ。まずは自分で解決することを考えろ」

「はい……」

車は無情にも小名木川《おなぎ》を越え、まっすぐに押上の坂東会館を目指している。

確かに大垣さんの通夜は明日で、小さな式とはいえ、寄り道などしている暇はない。心地よい春のドライブ気分が、急速に現実へと連れ戻されていく。

車窓を通して差し込んでくる明るい日差しが、人を送る準備の段取りを考えるにはやけに不釣り合いだ。新緑が芽吹き、それを目にするだけでも心が弾んでくるような季節である。そんな時に自ら生きることに背を向けてしまった人がいる。そうせざるをえなかった状況があったという事実に胸が痛む。生きたくても生きられない人がいる一方で、生きることに絶望する人もいるのだ。

「漆原さん、坂東会館に着いたら、真っ先に大垣さんに会ってきます。納棺の時の失敗をお詫びして、〝対話〟してきます」

漆原は無言でわずかに頷いた。前方には、見慣れたスカイツリーが相変わらず堂々たる姿で迫ってきた。

夕方の事務所には、漆原と私だけだった。今夜の坂東会館は、三階で通夜が行われることになっている。陽子さんたちホールスタッフは、既にちらほらと姿を見せ始めた会葬者の対応のため、式場のほうへと行っていた。

漆原は、ただ黙々と手配を進めている。私はそれを横目に、小さなため息を漏らした。

先ほど山本さんのご自宅に大垣さんの遺影用の写真を受け取りに行ってきたのだが、なんとも後味の悪いものだったのだ。

夕方に伺うお約束をしていたにもかかわらず、玄関を開けた山本さんは明らかに面倒くさそうな表情を浮かべ、下駄《げた》箱の上に用意してあった大垣さんの写真をいきなり手渡してきたのだ。きちんとした身なりをしていた。仕事の合間に抜けてきたのか、もしくはこれから出かけるところのようだった。

丁寧に写真を封筒に入れた漆原が、「お見積もりの確認をしていただいてもよろしいでしょうか」と訊ねると、しぶしぶといった表情で居間へ通してくれた。

整然と片付けられた居間だった。男所帯になったからといって、散らかった様子もない。しかし、お茶などは出てくるはずもなく、漆原がテーブルに置いた書類に目を通した山本さんは、ひと言だけ口にした。

「後でもめるのは面倒ですからね、きちんとこの通りにしてくださいよ」

神経質そうな彼は、あからさまに何度も時計へと目をやった。漆原は必要なことだけを伝えると、すぐに私を促して山本家を後にしたのだった。

漆原が、今回のご葬家を〝厄介〟だと言っていたことに納得する。私が初めての司会で何か失敗でもしたらと思うと、これも先延ばしになった理由のひとつでもあるような気がした。

漆原は相変わらず黙々と仕事を進めている。

「コーヒーでも淹れますか」

立ち上がって給湯スペースへと向かいかけた時、控え目に事務所のドアをノックする音に気付いた。

「どなたでしょう。三階の式の供花の申し込みだったら、まだ間に合いますか？」

漆原の様子を窺《うかが》うと、こちらのことなどお構いなしに卓上の電話に手を伸ばす。内線電話の相手は地下の料理部らしく、明日の通夜振る舞いの確認だった。

諦めてドアを開けた私は、目の前に立つ人物の胸元から次第に視線を上げ、顔を見た瞬間に思わず目を見張った。それほどきれいな女性だったのだ。

呆然と立ち尽くす私の後ろに漆原の姿を認めた彼女は、ほっとしたように表情を緩めた。

「よかった、漆原さんをお願いします」

この美しい女性と漆原が結びつかず、頭の中が真っ白になった。振り返ってみたが、電話はまだ終わりそうにない。とっさに会葬者を迎える時のような神妙な顔を作った私は、彼女をロビーのソファへと案内することにした。

一見会葬者かと見紛うような黒いワンピースは、色が白く清楚な印象の彼女によく似合っている。年は私よりもいくらか上だろうか。彼女から漂う雰囲気がどこか懐かしく、自分にもよくなじんだものに感じるのは気のせいか。

「すみません。電話が長引いているようです」

「いいんです。いきなり押しかけてしまったのは私ですから」

彼女はにっこりと微笑む。葬儀場には似つかわしくない華やかさに再び見とれた。そこで、はっと気づいた。名前も訊かずに取り次ぐわけにはいかない。

「失礼ですが、お名前は……」

「坂口《さかぐち》有紀《ゆき》と申します。駒形橋《こまがたばし》病院の坂口とお伝えください」

駒形橋病院と言えば、坂東会館の葬祭部にとっては、妙な言い方だがなじみの病院である。ご近所ということもあって、ご遺体のお迎えに伺う頻度が最も高い病院だった。それはつまり、駒形橋病院が地域の高齢者医療や、終末期医療に力を入れているということでもある。

名乗るのが遅れて申し訳ないといった様子で、慌てて頭を下げる彼女に、ついつい親しみやすさを感じてしまう。打ち解けてしまいそうになるのを、ぐっとこらえて事務所を覗きに行けば、ちょうど漆原が受話器を置いたところだった。

彼女のことを伝えると、漆原は「地下の和室にお茶を頼む」と、すぐに出ていってしまう。紹介くらいしてくれるのではないかと期待した私も甘かった。

取り残された私は、エレベーターへと向かうふたりの後ろ姿を見つめながら、再び落ち着かない気持ちになっていた。

今の私は、宿直だけは免除されているとはいえ、漆原とほぼ行動を共にしていて、スケジュールも熟知している。大垣さんの葬儀に携わっている今は、他の打ち合わせも急なアポイントも入っていない。突然、駒形橋病院の関係者が訪れるとはどういうことだろう。そもそも、この業界でそれなりに長いキャリアを持つ漆原周辺の人間関係など、私が知るはずもない。

電気ポットのお湯で来客用の湯呑みを温めていると、不意に電話が鳴り、思わずびくっと身をすくませた。出てみれば漆原からの内線電話で、お茶と一緒に霊安室の鍵を持ってこいと言う。

地下の和室の襖を開けると、漆原と坂口さんは卓袱台《ちゃぶだい》を間に向かい合っていた。

お茶とともに鍵を差し出した私に、自分が戻るまで事務所を頼むと、案の定よそ行きの口調で言われ、早々に追い払われてしまう。

ことの成り行きを見守るわけにもいかず、私はおぼんを持ってすごすごと引き上げた。

こういう時、自分など未《いま》だに仕事上のパートナーとすら思われていないのではないかと寂しくなる。それでも、霊安室の鍵を使うということは、明らかに仕事がらみだとほっとする自分がおかしかった。

さっきまでは無人だった事務所には、休憩中の陽子さんと、外現場を終えて戻った椎名さんの姿があった。このままひとりきりだったら、余計に悶々《もんもん》としてしまいそうだ。

「美空、どこ行っていたの」と、のん気に訊ねる陽子さんに、私は「お疲れ様です」と、つい強がって弾んだ声を掛ける。私の微妙な疲労感を敏感に察したのは椎名さんだった。

「どうしたの、清水さん。また、漆原さんに振り回されているの？」

さすがは兄弟子である。今なお漆原に顎で使われて、ひと言の反論も許されない彼には、私の状況が容易に想像できるのだろう。

「それもありますけど、椎名さん、駒形橋病院の坂口さんをご存じですか」

「知っているよ。行くたびに会う気がする。よく会うってことは、亡くなる方の多い病棟が担当なんじゃないかな。まだ若いのに、大変な場所にいるなっていつも感心している」

神妙な表情でそう言った椎名さんは、ふと気付いたように瞬《まばた》きをする。

「あ、僕らも一緒か。清水さんなんてまだ一年目だし、上司は漆原さんだし、頑張っているよね」

「美空、もしかして、何か行き詰まっているの？　今回の漆原さんの案件も、おばあさんの自殺だもんね。切ないよねぇ」

ふたりの気遣いに、ついつい私も調子に乗って、先ほどの喪主の様子や、漆原から聞いていた打ち合わせ時のこと、水神さんから聞いた話をしてしまった。素っ気ない漆原に話しかけても期待した反応を得られることは極めて稀《まれ》で、いつでも空《むな》しさを覚えてしまう。その点、このふたりは私とも年齢が近く、どんな話でも熱心に聞いてくれるのだ。

ひととおり話を聞いた陽子さんは、喪主の態度に腹を立て、次に首を傾げた。

「大垣さんは発見された時はもう亡くなっていたんでしょう？　駒形橋病院は絡んでいないよ

ね。だったら、どうしてその坂口さんが来たんだろう？　密葬だっていうし、聞いた限りでは、喪主さんは誰にも知らせていないよね」

「大垣さんが駒形橋病院にかかっていたとか？　それでどこかから情報が漏れた……」

そこまで言った椎名さんが、はっと真顔になった。

「いや、実は全てがカモフラージュで、漆原さんに会いにきた坂口さんと、ふたりきりになる口実として霊安室を……」

「霊安室を舞台にした妙な妄想はやめろ」

鈍い音がして、椎名さんが頭を押さえた。いつの間にか戻ってきた漆原が、得意のげんこつを落としたのだった。

漆原は何事もなかったかのように、共有スペースの椅子に着く。陽子さんがそそくさと立って、漆原の前にコーヒーを置き、そのまま仕事へと戻っていった。

「大垣さんの娘さんが入院していたのが駒形橋病院だった。坂口さんは、娘さんの最期に立ち会った看護師だ」

椎名さんがつまらなそうな顔をする。私はふたりの関係に気をもんでいたことを悟られないよう、水神さんの言葉を思い出しながら訊ねた。

「大垣さんが、娘さんを介護していたんでしたね。その時に坂口さんと親しくしていたってことでしょうか」

昨年、病院で息を引き取った祖母のことが自然と思い出された。付き添ううちに、いつの間にか病棟の看護師さんとも親しくなった。親切さに甘えて、祖母の病状に関する不安を相談してしまったこともある。

大垣さんの娘さんが亡くなってから二年。当初は直葬でいいとまで言っていた喪主が、当時親しくしていた看護師にまで、義母の訃報を知らせるとは思えなかった。

「もしかして、漆原さんが坂口さんに連絡したんですか」

「まさか。俺が担当する故人の情報を外部に漏らすわけがないだろう」

「そうですよね……」

「坂口さん自身だよ」

漆原の言葉に、私と椎名さんは無表情にコーヒーをすする男の顔を見つめた。

「水神さんと同じだ。彼女も、ひとり残された大垣さんをずっと心配していたんだ。娘さんの死後も時々会っていたらしい。たまたま、今朝自宅に連絡したところ、お孫さんから亡くなったことを聞かされ、最後に一度、会っておきたいと訪れたそうだ」

「いくら坂口さんと顔見知りとはいえ、霊安室まで案内するなんて、漆原さんでもきれいな女性には弱いんですねぇ」

椎名さんがニヤニヤしている。毎回、睨まれるのを分かり切っていながらこんなちょっかいを出す。椎名さんはこうして、漆原との距離をうまく保ってきたのだろう。未だに漆原との距離感を測りかねている私としては、ふたりのやりとりが少し羨ましい。

「……漆原さん、坂口さんとは、どんなお話をされたんですか」

もうつまらないことを考えるのは、やめることにした。私が目指すのはただひとつ。漆原のような葬儀を行うことだ。

「水神さんが言っていた通りだ。喪主には、大垣さんを引き取ってやったという意識が強いようだな。娘さんがいた時はまだよかった。しかし、緩衝材となっていた娘さんが亡くなってから、状況は大きく変わった」

私が予想した通りだったのだ。山本さんにとって、大垣さんは厄介者以外の何ものでもなかった……。漆原は続ける。

「娘さんの入院中は、献身的に介護をすることが大垣さんの支えとなった。大垣さんにとっては最後の家族だ。必要とされることで、人間は自分の価値を見出《みいだ》すものだからな。夫も、孫たちも、介護に関しては全て大垣さん任せだったそうだ」

「なんだか、調子がよすぎませんか、山本さんも……」

でも、先ほど会った彼ならば、十分にありそうな気がした。

「大垣さんにとってはありがたかったはずさ。それをずっと見てきたのが坂口さんだ。駒形橋病院の終末期の病棟には、その後のご遺族をケアする支援プログラムがあるそうだ。家族を見送った人たちが、同じ境遇の人と交流することで悲しみを癒すという。坂口さんは、大垣さんにも参加を勧めていたんだ。娘のいなくなった家で、居づらい思いをするよりも、できるだけ外に出たほうがいいとな」

「そういうことだったんですね……」

「同じ家に暮らしながら、喪主も孫たちも大垣さんには無関心だったようだ。大垣さんは坂口さんに、彼らの生活を邪魔してはいけないから、できるだけ自室に籠るようにしていると言っていた。自分は厄介になっている身だからとな」

「ひどいですね。ほら、育児放棄はよく問題になるじゃないですか。幼児の虐待も。でも、高齢者に対してはどうなんでしょう。同じようなものだと思いませんか」

黙って聞いていた椎名さんが口を挟んだ。どちらかというと高齢者の式を中心に携わっている椎名さんにとっても、許せない話のようだ。

「問題として浮上しないのは、そこそこ自分のことをこなせる老人を放っておいたところで、家族が罪悪感を覚えることがまずないからだろう。また、本人にもプライドがあるから、他人に訴えることをしない。ただ、精神的な疎外感は、人生経験があるだけにより大きいはずだ。十分に虐待と言えると俺も思う」

「確かに死にたくもなりますね。というよりも、何のために生きているのか、分からなくなりますね……」

私には山本さんが理解できなかった。大垣さんは妻だった女性の母親だ。妻が亡くなってしまえば、確かに他人と言えなくもないが、そこまで人との結びつきとは希薄なものだろうか。

先ほどの家には、生活の気配が感じられなかった。亡くなった奥様が中心となって支えていた家庭なのかもしれない。大垣さんにとっても、娘を頼って身を寄せた家が、娘の死と同時に〝他人の家〟となってしまい、どれほど居心地の悪さを感じたことか。なぜ自分が生き残ってしまったのかと、考えずにいられなかったはずだ。私の心を見透かしたかのように、漆原が淡々と言った。

「直葬、妥協して密葬。それが、喪主が義母の死に突き付けた真実だ。彼にとっては、大垣さんの葬儀はやらざるを得ないからやるものに過ぎない。遺族とは言え、そこに深い悲しみや思い入れがあるとは感じられないな」

「そんな……」

まさに、形だけの葬儀だ。それではあまりにも大垣さんがかわいそうだ。

「漆原さんが担当すると、僕らが簡単に密葬で済ませてしまう葬儀も、もっとじっくり考えなきゃいけないって気にさせられますね」

「一概にそうとも言えないさ。俺たちは、あくまでも葬家の意向に沿った葬儀を行うのが仕事だからな。極端に言えば、喪主が望む通りに行えば、問題は起きない」

「それでいいのかってことですよね」

「葬儀は、亡くなった人を送るものだ。人ひとりの人生そのものを送るとも言える。故人の積み上げてきたものを、俺はないがしろにしたくはない。だからこそ、故人も遺族も納得のいく式にしたいと常々言っているのさ」

漆原の今までの言葉が、さらに深いところで私の心に落ちてきた。

「本当は、坂口さんみたいな方に大垣さんを見送ってほしいですね。気持ちのこもらない喪主さんよりも」

椎名さんが私の言葉に同意してくれる。

「最近は身内だけの葬儀が主流になりつつあるからね。実際に、お見送りしたくてもご遺族に遠慮して行けない、なんてケースもあるし、ご遺族のほうも式を済ませてから周りの人に知らせる場合もある」

「時代とともに葬儀の在り方が変わっていくのは仕方がない。一昔前は坂東会館のような葬儀場もなかったからな。誰かが亡くなれば、近所の人がこぞって手伝いに来て、大勢の人に見送られるのが当たり前だった。今は何もかもが個別化している」

「でも、人の繋《つな》がりがそれで切れてしまうのって、少し違う気がしますよね」

椎名さんの言葉に、私ははっとして顔を上げた。

「だから、坂口さんを霊安室にお通ししたんですね」

漆原は静かに私のほうを向いた。

「実際の葬儀でなくても、本心から大垣さんの死を悲しむ人に見送ってもらいたいと思っただけだ。彼女を悼む人がちゃんといるんだからな」

「別の舞台を用意したってことですね。やっぱり漆原さんにはかなわないなぁ」

椎名さんが言い、私も頷いた。

そこで漆原がふっと口元を歪めた。

「なんですか、その笑いは」

目ざとく指摘した私に、漆原はニヤリと笑った。

「切り札を手に入れたのさ。喪主にも少しは悼んでもらわないと、大垣さんが浮かばれないからな」

私と椎名さんは、思わず顔を見合わせた。


大垣さんのお通夜は、実にささやかなものだった。

参列したのは、喪主を務める山本さんとふたりのお孫さん、大垣さんの実の妹さん夫妻のみだ。それでも、妹さんの参列がせめてもの救いということか。喪主が死因をどのように伝えたのかは、私たちのあずかり知らぬところである。

姉妹とはいえ、長年会う機会もなかったのか、大垣さんの妹さんはしきりに喪主に姉の最期の様子を訊ねていたが、喪主は曖昧に言葉を返すだけだった。そのやりとりを聞いているだけで、私は胸が痛んでしまう。

漆原が着席を促すと、妹さんは諦めたように、「最後までお世話になりました」と深々と頭を下げ、末席へと収まった。

この人数ならば、たいして広くはないお座敷も十分ゆとりがあり、逆に寒々しいくらいだった。通夜振る舞いの席は、襖で隔てられた続きの座敷に設けられているが、お料理も少ないことから、他のスタッフは配置されず、私がお世話をすることになっている。もともと配膳中心のホールスタッフを経て葬祭部に就職した私には慣れたものだ。

祭壇を向いて座ったご遺族の横に、漆原が背筋をまっすぐに伸ばして端座している。この広さならば司会にマイクも必要ない。

「ただいまより、ご焼香へと入らせていただきます。喪主様から順番に、着席にてお願いいたします」

私が用意した香炉を、漆原が喪主に恭しく手渡す。今回は座敷のため、その場で香炉を手渡していく回し焼香の形式だった。

静かな式だった。喪主も、お孫さんたちも、じっと下を向いている。妹さんだけが、遺影を食い入るように見つめていた。

私はそっと抜け出し、通夜振る舞いの準備に取り掛かる。まだ横では読経が続いている。グラスの触れ合う音すら響かせてはならないと、慎重に取り皿や箸を並べていく。

やがて読経が終わると、僧侶が退室した。

「以上をもちまして、故大垣ミヨ様の通夜の儀を滞りなく終了いたしました」

漆原が、相変わらず抑揚を抑えた声で厳かに告げる。隣室に通夜振る舞いの席を用意していることを伝えた後、「その前に……」と、喪主に向き直った。

「喪主様、弔電ではございませんが、お預かりしているお手紙がございます。ご披露させていただいてよろしいでしょうか」

喪主が、ぎょっとしたように目を見開いた。

「どちら様からでしょうか」

驚きを抑え込み、努めて冷静に訊ねる喪主に、漆原はさらりと応える。

「故人様が生前親しくされていた、駒形橋病院の看護師、坂口さんからお預かりしております」

お孫さんのひとりが、あっと声を上げた。その場で父親に説明する様子も、身内だけの葬儀ならではだ。

「昨日の朝、電話があったんだよ。ほら、母さんの担当だった看護師さん、これまでもよく、ばあちゃんを病院の集まりに誘ってくれていたから、亡くなったことを知らせたほうがいいかと思って……」

私は固唾を呑んでそのやりとりを見守っていた。大垣さんは遺書を残してはいないと聞いていたため、よけいに坂口さんが何を伝えようとしているのか気になって仕方がない。

しばしの逡巡《しゅんじゅん》のち、喪主が無言で頷いた。ここで断ってはかえって不自然である。また、遺族の気分を害する内容を、この場で漆原が読み上げるはずもない。

「では、代読させていただきます」

漆原は真っ白な便箋を几帳面に開いた。

「この度は、大垣さんのご訃報をお聞きし、とても残念に思います。そして心からお悔やみを申し上げます。今でも、毎日娘さんのベッドの横に座っていた大垣さんの献身的な姿が目に焼き付いています。その後も、大垣さんとは病院の活動で何度もお会いしていました。娘さんを亡くした大垣さんが気がかりだったため、私がお誘いしたのです。そのうちに、大垣さんは心の内を私にお話し下さるようになりました」

大垣さんの心の内……。

私は漆原の様子を窺った。その顔に表情はない。相変わらず背筋を伸ばし、視線だけを便箋に落としている。静寂に染み入るような落ち着いた声で、綴《つづ》られた坂口さんの手紙を淡々と読み上げていく。

私は視線だけを動かし、今度は喪主の様子を窺った。緊張した面持ちで、じっと漆原の口元を凝視している。

「大垣さんは、娘さんよりも長くご自分が生きていることを、いつも嘆いていらっしゃいました。自分を引き取ってくれた娘さんのご主人にも申し訳なく、肩身がせまいと。この先、自分の体が衰えていくことを思うと、これ以上生きながらえて、迷惑をかけるのはあまりにも忍びない。血の繋がった身内ですら大変な介護を、娘さんがいない今、娘さんのご主人に任せるわけにはいかない……」

漆原は顔を上げて、喪主、そして孫へと視線を向け、再び便箋へと目を落とす。

「大垣さんは、家に迎え入れてくれた娘さんのご主人には常に感謝をしていたそうです。娘さんに病気が見つかった後、娘とふたりの時間を過ごさせてくれたことも幸せだったと感謝をされていました。娘を看取《みと》ることで、順番は違えど、母親の役目を果たすことができたと感じていたようです。もう、何ひとつ思い残すことのない今となっては、今後自分が老い衰え、迷惑をかけることだけが気がかりで、いっそこのままポックリ逝けたらいいのにと、いつも明るく笑っていらっしゃいました」

再び顔を上げた漆原は、そのまま喪主をまっすぐに見つめた。

「大垣さんは、いつもお仕事で帰りが遅い娘さんのご主人の健康も案じていらっしゃいました。大垣さんのことですから、感謝の気持ちは常にご家族の前でも示されているとは思いましたが、お忙しいご主人やお孫さんとゆっくりと話される機会がなかったかもしれません。ですから、余計なこととは思いながらも、大垣さんのお気持ちをお伝えしたいと思い、こうしてお手紙を書かせていただきました。また、大垣さんは、いつかご自分が亡くなった時は、葬儀など煩わしいことをせず、ただ遺骨を夫と同じお墓に入れてもらえればいいとおっしゃっていました。ところが、先日お孫さんから坂東会館で葬儀を行うと伺い、大垣さんはご家族にも愛されていたのだと実感いたしました。喪主様には私からも感謝を申し上げます。ご遺族の悲しみはいかばかりかと思いますが、ようやくご主人や娘さんの元へと旅立たれた大垣さんは、ほっと肩の荷を下ろされていることだと思います」

読み終えた漆原は、何事もなかったかのように静かな表情で便箋を畳みなおし、祭壇の前に置く。

喪主が目をしばたたいていた。狐《きつね》につままれたような顔をしている。

私も全く同じ気分だった。喪主は無関心を貫くことで、死を選ぶほどに大垣さんを追い詰めたのだ。当然その自覚もあるはずで、まさかこのような感謝の言葉が綴られているとは、夢にも思わなかったに違いない。

おそらく、大垣さんが心を許せる相手は坂口さんただひとりだったのではないかと思う。ならば、手紙には喪主の仕打ちに対する、苦しい思いが綴られていると考えて当然だ。

私は、昨日漆原が浮かべた、意地の悪い笑みを思い出した。

きっとこれは、大垣さんからのささやかな復讐《ふくしゅう》なのだ。

いや、大垣さんと、実情を知る坂口さん、そして、本質を見抜いた漆原からの。

状況を知らない者が聞けば、誰もが義理の母親を引き取った優しい娘婿への感謝の言葉以外の何ものでもないと思うだろう。

大垣さんの妹さんが、涙を流して喪主に深々と頭を下げた。

「ありがとうございます。ひとりきりになってしまった姉にとって、どれだけあなたの存在は心強かったでしょうか」

手をとらんばかりの妹さんの感謝に、喪主が額の汗を拭っていた。目がしきりに宙を泳いでいる。さぞ居心地の悪い思いをしていることだろう。

もっとも、大垣さんの本心は私たちには知るすべがない。それでもきっと彼女には、自分が亡くなっても娘婿は葬儀などしてくれないという確信があったのだ。それを坂口さんはしっかりと感じ取っていた。

喪主を見れば、すっかり色を失った顔でうつむいたままだった。

確かなことはただひとつ。今さら後悔しても、全てが遅すぎるということだ。大垣さんには、もう何もしてあげられない。

喪主の横にいた、大垣さんの孫のひとりが堪《たま》らずに涙をこぼした。位置的にこちらが兄のほうだと思われる。

「もっと、ばあちゃんと話をしておけばよかった……」

横の弟も、つられたように涙ぐんで呟いた。

「子供の時は、あんなにばあちゃん、ばあちゃんって言っていたのに……。俺、いつまでもばあちゃんは元気だってバカみたいに思い込んでいた。介護のこととか、俺たちに迷惑をかけるとか、そんなことを気にしていたなんて、考えたこともなかった。いつからそんなに他人行儀になっちゃったんだろう……」

同じ家に暮らしながら、祖母にはほとんど無関心だった彼らにとっても、祖母はやはり祖母だったのだ。火葬だけでいいと言った父親を押しとどめ、葬儀を行うことを納得させた孫の優しさに少しは救われる。

喪主が、ふたりの息子の肩をそっと叩いた。

「もう、やめよう。今さら、何を言っても仕方がない……」

漆原は静かな眼差しで彼らを見守っている。しかし、その眼差しの底にあるのは、冷静に遺族を見つめる、ぞっとするほどの冷たさだ。

自死という最期を決意した大垣さんが、残された者の背負う重荷を軽減させるために、事実に反する感謝の思いだけを坂口さんに語っていたのであれば、それこそ素晴らしい人格者だと思う。しかし、坂口さんは状況を分かっていた。だからこそ、ありのままに感謝の言葉を綴ることが、逆に喪主たちに罪の意識を与えると気付いたのだ。むしろそうやって、少しでも大垣さんの無念を晴らしたかった。手紙を敢えて漆原に託したということが、その証拠である。

大垣さんのふたりの孫や、妹さん夫婦が隣の通夜振る舞いの席に移動しても、喪主は祭壇の前でうなだれたままだった。肩を落とし、遺影を見るわけでもなく、じっと固まったように座り続けていた。

お清め会場で食事の用意を整え、ひととおりの役割を果たした私はロビーに出た。

大きな窓に向かって、ひっそりと漆原が佇んでいる。

窓の向こうには、建物の隙間に、鮮やかにライトアップされたスカイツリーの骨組みが見えていた。窓に映った私に気付いた漆原が、外を見たまま訊ねた。

「喪主は、まだ祭壇の前か」

「はい。あのままでいいのでしょうか」

「そっとしておいてやれ。大垣さんに申し訳ないと思うと同時に、先に逝った奥さんに対しても、すまないという気持ちでいっぱいだろう」

「まさか自殺をした大垣さんが、自分たちにあんな言葉を残すなんて、想像もしなかったんでしょうね」

「ああ。最初は、ようやく厄介払いができたという晴れ晴れとした雰囲気だったからな。自分たちが自殺に追い込んだのに、ひどいものさ。でも、これでようやく大垣さんの思いやりや、いかに彼女が冷静に自分たちを見ていたか、気付いたはずだ。そもそも、妻の介護を任せていた時点で、彼女に感謝をしなくてはならないのは、喪主のほうだったはずだけどな」

「どうして、自分のことしか考えなくなってしまうんでしょうね……」

思わず漏れた私の言葉に、窓に映った漆原がチラリと視線を動かした。

「人はひとりでは生きていけないのに、自分さえよければいいと思っている人が多すぎて、なんだか寂しい気がします。もっと、思い合っていければよかったのに。ましてや、家族なのだから……」

「坂口さんのように見ていてくれた人がいた。それだけでも、俺は救われた気がするけどな」

そうだ。それは紛れもなく救いだ。相変わらず外を見つめたまま発せられた漆原の言葉に、私まで慰められる気がした。これからは、喪主やお孫さんたちが、少しでも大垣さんのことを悼んでくれることを祈るよりほかはない。

「もうすぐ、桜が咲くな」

ぽつりと漆原が呟く。

その時になって、ようやく気が付いた。スカイツリーのイルミネーションが、いつもと違うピンク色のグラデーションだったのだ。私はその輝きをしばらく見つめていた。

桜が満開となる春に、姉の命日が巡ってくる。

美しい季節に命を落とした姉の話題は、我が家ではタブーとされてきた。しかし、昨年祖母が亡くなる前に、私の夢に幼い姉が現れて、死の真相を教えてくれたのだった。

自分の不注意で孫を死なせてしまったと苦しんできた祖母を、姉は優しく慰め、そっとその手を取って旅立った。姉の温かな思いが、今年からは家族そろって姉の命日にお墓に行くという我が家の新しい約束へと繋がった。

「東京の開花予想は明後日《あさって》だそうです。桜が咲けば、隅田《すみだ》川のほうは花見客で賑わいますね。スカイツリーもきっと混雑しますよ。私も、そういう浮かれた気分が大好きなんです。桜の季節って、日本人はなぜか浮き足だちますよね」

私の言葉に漆原が苦笑する。

「今年は行くのか？　お姉さんの墓参り」

私は驚いて、漆原の顔を見つめた。漆原は覚えていてくれたのだ。祖母が入院中、私が姉の夢を見たと、相談した時のことを。

「もちろんです。でも、その頃には桜はもう散っているでしょうね」

「君は長命寺《ちようめいじ》の桜餅さえ買えればいいいんだろう？」

「漆原さんはひどいなぁ」

「声が大きい」

襖が閉まっているとはいえ、お座敷にはご遺族がいるのを忘れていた。反省して、すみませんと小さく呟く。しかし、続けられた漆原の言葉は意外なものだった。

「納棺で倒れた時はどうなるかと思ったが、思いのほか、しっかり仕事をしていたな。おばあさんのことは、もう乗り越えたのか？」

「そんなに大袈裟なものじゃありません。漆原さんが祖母の最期の時、ずっとそばに付いていていろと言ってくれたからでしょうか。あの時に、祖母と私の気持ちが深く結びついた気がするんです。会えないことは確かなんですけど、そう遠くに行ってしまった気もしないというか……。不思議ですね。こんなふうに思えるのも、漆原さんや里見さんのおかげだと思います」

漆原を見上げると、穏やかな表情で、ただじっと桜色に染められたスカイツリーの骨組みを眺めていた。

「坂口さんのことだが……」

幾ばくかの沈黙の後、漆原が口を開いた。

いつもは簡潔明瞭なこの男にしては、珍しく思案に耽《ふけ》るような、躊躇《ためら》いがあるような切り出し方だった。分かりにくい表情を読み取ろうと顔を見つめた途端、座敷のほうから呼び声がした。続けて、ガラリと襖が開く。大垣さんのお孫さんが、空のビール瓶を掲げていた。

「あ、いたいた。すみません、もう二本、出してもらえますか」

「すぐにお持ちします」

明らかに、座敷を放置してしまった私の落ち度だ。慌てて冷蔵庫のあるパントリーへと向かいながら、漆原を振り向いた。

「俺は事務所に下りている。後は頼んだぞ。お開きになりそうだったら、内線で知らせてくれ」

「分かりました」

ビールの栓を抜き、軽く布巾で瓶を拭いてから座敷に運んだ。

喪主の姿は相変わらず見えない。私は空いた瓶をパントリーに下げると、いつでもお茶を出せるように、茶葉を急須に入れておいた。まだ、しばらく食事は続きそうだ。

結局、喪主は最後までお清めの会場には入ってこなかった。祭壇の前でじっと頭《こうべ》を垂れたままだ。息子たちが代わる代わる様子を見に行っていたが、どうすることもできないようだった。

彼らは自分たちだけの秘密を、大垣さんの妹さんに悟られまいとするかのように、妹さんが懐かしそうに語る大垣さんの思い出話に耳を傾けていた。祖母との間にいつしか開いてしまった深い溝を、楽しい思い出話で埋めようとしているかのように思えた。

四月三日の姉の命日は、かなり前から希望休を申請していた。

毎年、両親だけがこの日に墓参りをしていたのだが、昨年、亡くなった祖母と約束したのだ。今年からは、私も必ず一緒に行くと。

桜は数日前から盛りを過ぎて散り始め、今では健やかに芽吹いた薄緑の葉の陰に、散り残った白い花びらが見える程度だった。けれど、地面にも、道路の端にも夥《おびただ》しい量の花弁が積もっていて、風が吹けば一斉に舞い上がった。それはそれで風情がある。

清水家のお墓は、浅草《あさくさ》の外れの小さなお寺にある。住宅やマンションの間に、そこだけ沈んだようにこぢんまりと墓石が身を寄せ合っている墓地だ。

今でこそギリギリに迫ったマンションを見上げながらそう思うものの、もともとは墓地があり、それを取り囲むように住宅街が形成されたのだろう。ここだけ取り残されたような空間が、町の移り変わりを感じさせる。

毎年、両親は姉の命日にここにお参りし、隅田川にかかる桜橋を渡ってふたりのんびりと姉を思いながら帰途についていたという。途中で長命寺の桜餅を買ってくるのは、家で待つ私や祖母へのお土産というだけでなく、思い出の中の姉に別れを告げ、現実へと戻るために必要な儀式だったようだ。

今では祖母も眠るこのお墓には、幼い頃から何度も訪れてはいるが、姉の命日のお墓参りは初めてだった。ようやく自分も加われたことが何よりも嬉しい。

父が桶《おけ》に水を汲《く》み、母がお花を、私は先に買って来た桜餅を持っている。土の地面に埋まった形のそろわない踏み石をたどれば、そう広くはない墓地のことで、迷わずに清水家のお墓にたどり着く。

お盆の頃には、敷石と墓石の間に伸びている雑草を引き抜かなければならないが、この季節はその必要もない。そう思っていた私は、白っぽい敷石のわずかな隙間から力強く伸びた鮮やかな緑に目を奪われた。よく晴れた空を目指す、細い茎の先には、眩しいほど黄色い花がふんわりと開いている。

私は思わず、のんびりと歩いてくる母親へと叫んでいた。

「お母さん、こんなところにタンポポが咲いているよ」

大声で呼んだ私が指し示す花に母親は驚いて駆け寄ると、そのまましゃがみ込む。頭でっかちの黄色い花を愛《いと》おしそうに撫でた母は涙ぐんでいた。その様子に私の胸も熱くなる。

「やだ、今までは気付かなかったわ。ねぇ、お父さん、前からこんなところに、タンポポあったかしら」

「さぁな。綿帽子でも飛んできたんじゃないのか。このあたりの草むらには、タンポポなんていくらでもあるだろ」

「だとしたら、すごい偶然だねぇ」

姉は、生まれてくる私にタンポポの花を贈ろうとし、川に落ちて亡くなったという。それ以降、一切その川に近づかなかった祖母は、息を引き取る前に、春になったらタンポポが見たい、と口にしたのだった。

この花は姉が咲かせてくれたのかもしれない。いや、姉と祖母だろうか。この日に訪れる私たち家族を迎えるために、ふたりが用意してくれたプレゼントのようだ。どこかから見守ってくれている気がして、思わず真っ青な空を見上げる。

黒御影石《みかげいし》の墓石には、無数の桜の花弁が張り付いていた。私はひとつひとつそれを払った。清水家のお墓は、春に包まれているようだった。


墓参りを終えた私たちは、春の陽気に誘われるようにぶらぶらと浅草通りを歩いてスカイツリーを訪れた。家族そろって出かけたのは久しぶりのことで、まっすぐに家に帰るのが惜しい気がしたのだ。

近くに住んでいるとはいえ、そう上る機会がないのがスカイツリーである。なまじ近いだけに、観光客で混雑するこの場所を避ける嫌いさえある。

両親の分もチケットを買い、そのまま腕を引っ張って天望デッキへのエレベーターに乗り込んだ。ふたりとも上るのは初めてだという。

花見の最盛期を過ぎ、平日ということもあって、思ったほどの混雑はない。始めは渋っていたくせに、高みに上れば途端に子供のようにはしゃぐ両親に、思わず苦笑してしまう。せっかくだからと、さらに上の天望回廊へも行こうと提案すれば、母親はすっかりその気になっていた。チケット売り場へと向かう彼女を慌てて追いかけ、今度も私が三人分のチケットを買う。ささやかな親孝行のつもりだった。

空へと続くような大きなガラス面は、自分が雲の上にいるような気分を味わわせてくれる。眼下には、作り物めいた小さな建物がびっしりと敷き詰められていた。

その間ににょっきりと聳《そび》え立つ都心のビル群も、ゆったりと横たわって東京湾へと続く隅田川も、全てが平面の絵を俯瞰《ふかん》しているように思えるのは、そこに一切の動きが感じられないからだろうか。ここには下界の音も届かず、風にそよぐ木々の動きも見えない。眼下には、日頃自分たちが生活しているとはとても思えないような、静かな世界が広がっていた。

空はどこまでも青く、それを映す海も、隅田川も荒川《あらかわ》も青い。回廊の緩やかなスロープをゆっくりと歩めば、少しずつ方向を変えた景色にまたほうとため息が漏れる。

しばらく進んだ時、ふと、視線の先の女性に目が留まった。

彼女は手すりにもたれて、じっと遠くを眺めている。やけに目立って感じたのは、彼女がひとりきりだったからだ。周りは、私たちのような家族や、カップル、外国人旅行者ばかりで、口々に感嘆を漏らしながら賑やかに回廊を進んでいく。それらに交じって、ひとり静かに佇む姿はかえって目に留まった。

じっと彼女が眺めているのは房総《ぼうそう》半島の方向だ。手前の葛西《かさい》や舞浜《まいはま》の目立つ建造物群には目もくれず、ずっと遠くを眺めている様子は、まっすぐに伸びた首の角度ではっきりと分かった。

なんとなく、姿勢よく静かに佇む姿が漆原を思わせる。つい見とれてしまい、そこではたと気が付いた。それまでは顔にかかった長い髪のせいで誰かに似ていると思いながらも確信が持てなかったのだ。彼女は、駒形橋病院の坂口さんだった。

声をかけてみようと思ったのは、観光地で知り合いを見つけて浮かれた気持ちゆえか、ひとりきりの姿が妙に気になってしまったからか。いずれにせよ、ひとりだから声をかけやすかったというのも事実である。

「こんにちは」

そっと近寄り、遠慮がちに声をかける。驚かれるのではないかと思ったが、ゆっくりと顔を向けた坂口さんは、不思議そうに私の顔を見つめていた。その動きは静かで、水面《みなも》の波紋がゆっくりと広がっていくような自然な動きだった。

一度会っただけの私のことが分からないのも無理はない。

「坂東会館の清水美空です。先日、大垣さんの葬儀の前に事務所でお会いした……」

そこで、ようやく彼女も思い出したようだった。

「ああ、漆原さんと一緒にいた子ね。私服だから全然分からなかったわ。黒い服よりも、今日のほうが断然かわいい」

坂口さんはふわりと笑う。気さくな印象に、先日漆原に託してくれた手紙の一件から、腹に一物あるような人物像を作り上げていた自分を反省した。

こうして会った坂口さんは、いかにも白衣の天使といった優しげな風貌である。白いワンピースに、ベージュの薄いコートを羽織った姿も春らしい軽やかさで、清楚な印象の彼女にぴったりだ。一方の私は、墓参りとはいえ法要の予定もなく、いたってカジュアルな服装だった。少し気恥ずかしくなる。

「改めまして、駒形橋病院の坂口有紀です」

微笑みながら名乗った彼女は、うらやましくなるくらいに素敵だった。

手紙のお礼を言いたいと思い、後ろで待っていてくれた両親には、天望デッキのカフェでお茶でも飲んでいて、と伝えて再び向かい合った。

「お手紙、ありがとうございました。おかげで、喪主さんやお孫さんがようやく気付いてくれました。大垣さんがお手紙のように外でお話しされていたなんて、想像もしなかったはずです。これで、大垣さんのお気持ちも少しは報われているといいのですが……」

坂口さんは小さく笑った。

「死人に口なし、なんて嘘《うそ》よねぇ。近くにいれば、分かるはずだもの。たとえ、その人が亡くなっても」

もしや坂口さんも私や里見さんと似たような体質の持ち主なのかと、一瞬ぎょっとする。しかし、彼女が冷静に相手を見つめて思いやることができるからこそ、感じられたのだと気が付いた。まるで、漆原のように。

「余計なことしちゃったかなって思ったけど、大垣さんとご家族の関係が、少しいびつな感じがしたから気になっていたの。漆原さんがあの手紙を使ったってことは、あの人もご遺族の様子に違和感を持っていたってことでしょう?」

「そうですね。漆原さんは、亡くなった方のお気持ちを汲み取って、ご遺族と繋げようといつも考えています。私なんて、もう一年もそばで仕事をしていますけど、驚かされることばかりで、全然追いつけません」

なぜかすらすらと自分の感情を言葉にできた。

「漆原さんのそばでお仕事って、あなたも葬儀屋さんなの? てっきり、事務のアルバイトかと思ったわ。驚いた。こんなに可愛らしい葬儀屋さんもいるのねぇ」

心底驚いたように目を見張って感心しているので、背中がもぞもぞとこそばゆい。

「まだまだ見習いです。もともと、坂東会館でアルバイトをしていたんです。そこで漆原さんの葬儀を見て、亡くなった方やご遺族との接し方に気付かされたというか……。昨年亡くなった祖母の葬儀も漆原さんにしてもらって、この人に付いていこうって思ったんです」

坂口さんは目を細めて笑っている。少し熱弁し過ぎたかもしれない。耳と頰がかぁっと熱くなってしまった。

「いいね、そういう目標になる人を見つけられて」

「はい」

そこに間違いはない。

「じゃあ、いずれあなたも来るのかな、駒形橋病院の霊安室に」

「そうなるかもしれません」

漆原は、本来は坂東会館から独立した身だ。他の葬祭部社員に比べれば、お迎えに行く件数は少ないかもしれないが、いつか私も一緒に行くことになるはずだ。

「そういえば、椎名さんが、駒形橋病院に出入りしていて、坂口さんを知らない人はいないって言っていましたよ。あ、ご存じですか、椎名さん」

「もちろん。漆原さんよりもよく会うもの。あとは、青田さんとか、宮崎《みやざき》さんとか……」

坂東会館葬祭部社員の名前がすらすら出てくることに驚いていると、坂口さんが悪戯《いたずら》っぽく笑った。

「詳しいでしょ。つまりね、私の担当した患者さんがよくお世話になっているってこと」

昨年、別の病院で祖母を看取ったとはいえ、普段は病院にも病気にも縁のない私は、今ひとつピンとこなかった。

「私はね、末期の患者さんが多い病棟を担当しているの。駒形橋病院が、高齢者医療や、終末期医療に力を入れているって知っている？　区内では一番かな。だから、自然と坂東会館の社員さんとも顔見知りになるわけ。そういう場所だから、よけいに患者さんとご家族の関係が気になっちゃうんだよね。坂東会館さんに引き継ぐ時には、患者さんは〝故人様〟になっちゃっているけど。日々、接しているだけに、どうしても思い入れが深くなっちゃうの。まだまだ未熟なんだ」

先ほど彼女が、私が葬儀屋の見習いだということに感心してくれた気持ちを、そっくりそのまま返したくなった。まだ若い彼女が、そのような場所で働いているなんて頭が下がる。見たところ、私よりそういくつも年上には見えない。

「坂口さんこそ、つらくないんですか。亡くなる方を見守るなんて……」

葬儀に携わる私たちが接するのは、もうすでに亡くなってしまった人だ。まさに命の火が消えようとする人々をそばで見守り続けるのは、私には想像もできないほど、強靱《きようじん》な精神力を必要とするのではないだろうか。

私は、死へと緩やかに、けれど確実に向かっていった病床の祖母を思い出した。なすすべもなく見守ることしかできない無力感。人間もひとつの生物であると実感し、大いなる流れには逆らえないという絶望感。頭では理解していても、感情が追いつけなかった最後の数日間は、ただただ苦しかった。

「つらいよ。つらいけど、最後の時を一緒に過ごしているっていう、とても尊い気持ちになれるの。相手の気持ちとか、家族間の情の深さとか、大切なことをたくさん気付かせてもらえる」

「全然違うんですけど、ちょっとだけ似ているかもしれません。私が、葬儀の仕事で感じていることと」

そう言うと、彼女は私を見つめて微笑んだ。

「そうでしょう。私、漆原さんに会うと、なんだか似た雰囲気を感じるの。たぶん、この人は私と同じようなことを考えているんだろうなって。亡くなった人の気持ちや、その時そばにいるご家族の気持ちを、じっと自分の身に受け止めているような感じがしてね。だからあの日、いてもたってもいられず坂東会館に行ったの。朝、大垣さんにお電話したのは、桜の季節の隅田川ウォーキングっていう、ご遺族支援プログラムのご案内のためだったんだけど、お孫さんから亡くなったって聞いて、信じられなくてね。葬儀の日程を訊いても、家族だけでやりますって言うし……。やっと式場は坂東会館だって聞き出して、とりあえず行ってみようと思ったの。ちょうどドアを開けてくれたあなたの後ろに漆原さんが見えたから、つい〝漆原さん〟って言っちゃったんだよね。でも、あの人が大垣さんの担当で、正直なところ、ほっとしたかな」

もともとは、漆原を訪ねてきたわけではなかったらしい。様々な邪推を重ねた自分が恥ずかしくなり、坂口さんに心の中で詫びた。

彼女は、再びふわりと風に乗るような動きで手すりにもたれ、遠く、春ののどかな光に霞《かす》んだように横たわる房総半島のほうへ目をやった。

「今の仕事、自分に合っている気がするんだよね。患者さんやそれを支えるご家族が、たくさんのやり場のない思いを抱えて、でも、懸命に生きている。そんな姿を常に目の当たりにしているとね、人間にとって大切なものが何なのか、教えられる気がするの。何の力もない私でも、その人たちが頼ってくれると、自分が存在する意味を感じられるんだ」

坂口さんは振り向いて、少し微笑んだ。私はじっと彼女の柔らかな口調に聞き入っていた。心の中には、毎日病室に通った祖母との最後の日々が浮かんできて、涙が滲みそうだった。

「終末期の病棟ってね、学校とか、会社とか、元気なのが当たり前の人しかいない日常とは違った、特殊な世界なの。常に目の前の死を意識して、不安を抱えて、それでも懸命に生きている。私はね、元気な人が当たり前のように未来のことを信じていられる世界が、ちょっとしんどくなっちゃったんだ。だからね、今の場所で、今できることだけを精いっぱいして、ささやかなことで喜びあえる患者さんたちを支える仕事がしっくりくるの」

そこまで話した坂口さんは、はっとしたような表情を浮かべた。

「ごめんなさい、初めて話した相手に、ついぺらぺらと余計なことしゃべっちゃった」

彼女は照れたように微笑んだ。しかし、どこか違和感があった。大変な仕事を、何でもないことのように明るく話す坂口さんを、私の心が勝手に探ろうとしてしまう。

彼女の心に、何か深い傷があるのではないかと思ったのは考え過ぎだろうか。時に強くなろうと思うあまり、苦しみに鈍感なふりをして明るく振る舞ってしまう場合もある。彼女がまさにそれではないかと思ったのだ。

じっと立ち尽くす私に、ますます申し訳ないと思ったのか、彼女はなおもにこやかに続けた。

「清水さんって、聞き上手だよね。立場は違えど、仕事で似たような気持ちになるって言うから、調子に乗っちゃったみたい。でも、そうやって私の話を正面から受け止めてくれるところ、ちょっと漆原さんと似ているかもね。さすが上司と部下」

「漆原さんは、あまり私の話なんて聞いてくれませんけど」

「雰囲気よ。なぜか信頼しちゃうって言うか。だから、つい私も勝手にしゃべっちゃったって、それだけの話」

どれだけ彼女が明るく振る舞おうと、〝気〟に敏感な私は、すでに彼女の心の奥底に悲しみがあることを感じ取ってしまっていた。

思えば、祖母の最期の時も、病室を出入りする看護師さんたちはいつも明るかった。患者さんを安心させるために明るく振る舞うことが、仕事として体に染みついてしまっているとでもいうように。もしかしたらそんな彼女たちも、何か悩みを抱えていたのかもしれない。しかし、あの時の私は、確かにその明るさに支えられた。

「坂口さん、正直になっていいと思います」

私の言葉に、坂口さんはそれまでの微笑みを消して、まっすぐに見つめてきた。その視線に少し怯《ひる》みながら、勇気を出して続けた。

「違っていたらごめんなさい。でも、さっき、ひとりで遠くを見ていた後ろ姿が寂しそうだった気がして……。それが坂口さんだったから、よけいに気になってしまったんです。私でよければ、もっと話してください。もちろん、漆原さんみたいにアドバイスはできないと思いますけど、話すことで気持ちが軽くなるかもしれません」

坂口さんは再び微笑むと、小さく息をついた。

「情けないなぁ。いつもニコニコしていようって思っていても、どこかでほころびちゃう。それとも、清水さんが鋭いのかな。病院を出ると、私も気が緩んじゃうのかもしれないね」

少しだけ、坂口さんを取り巻く気配が柔らかくなった気がして、私たちの距離が近づいたように感じた。私はそのまま坂口さんを見つめていた。坂口さんは、もう一度深呼吸するように息をつく。

「実はね、ずっと待っている人がいるんだ……」

坂口さんは窓の外へ視線を投げると、ゆっくりと話し始めた。

「もう六年かな、諦めてはいるんだけど、どこかで期待している部分もあって、結局ずっと待ち続けている。こんな状態がいつまで続くのかなって、時々ふと思うと、苦しくてたまらなくなるんだよね……」

静かに、歌うように紡がれる彼女の言葉は、内容に反してやけに客観的だった。私は、ただじっと彼女の顔を見つめるしかなかった。

「大学を卒業したら、結婚しようって約束した彼氏がいたの。彼とは、サーフィンのサークルで知り合ってね、みんなで休みの前の夜から一宮あたりの海岸に行くようになって、いつの間にか付き合うようになっていて……」

彼女が見つめていたのが、房総半島の方向だということに意味があったのだと気付く。

春の昼下がりの風景は、先ほどまでの鮮明さを失って、朧《おぼろ》にかすんでいる。その彼方を見据えた彼女の瞳には、海や空のずっと果ての、輝かしい日々が映っているのかもしれない。何となく心の中がもやもやとするのは、その先がすっかり予測できてしまったからだ。しかし、彼女の話を最後まで聞かなくてはと、私は身じろぎもせずに佇んでいた。

「いつもみたいに海に入って、彼だけが戻ってこなかったんだよね。試験が終わって、夏休みに入ったばかりで浮かれていた。台風が関東に向かっているって聞いていたけど、かえってはしゃいじゃってね、せっかく夜中に東京を出てきたんだからっていう気持ちもあったんだと思う。到着したとたん、雨が激しく降り出して、やっぱりやめようかって言い出した時だった。せっかく来たんだから、せめてひと波だけ入ろう。それで帰ろうって決めたの。最初のひと波だよ？　だけど、彼はいなくなっちゃった」

私はふっと息を漏らす。きっと展開が予測できたのは、同じような事故を既に知っていたからだ。不意に、かつて会ったことのある夏海の兄の姿が心に浮かんだ。

「……そのまま、見つかっていないんですね。大学生の時から、ずっと彼を待ち続けているんですか……？」

坂口さんは振り向いて小さく頷いた。

「捜索もしてもらったし、打ち切られてからも、彼の家族や、サークルの仲間と何回も海岸へ通ったよ。だけど、戻らない。東北の震災でもまだ見つからない方々がいるって言うし、なんだか、遊びに行って流されたっていうのが不謹慎で、あまり大ごとにもできなかった。頭では分かっているんだけど、彼がもう死んだっていう確証がないから、何をどうしたらいいのか分からなくて。お互いに学生だったけど、絶対に結婚するって約束した相手だから、やっぱり、諦めきれなくて……」

いつしか、彼女の目が真っ赤に潤んでいた。

「だからね、いつだったか、つい漆原さんに訊いちゃったの。行方不明の人の葬儀をする人はいるんですかって」

指先で涙を拭った彼女が、気まずそうに微笑みを作る。

夏海から相談を受けたのは、およそ二か月前。奇《く》しくも、このスカイツリーに併設する商業ビルのカフェだった。坂口さんが漆原に訊ねたのは一体いつのことだろう。大垣さんの通夜の後、漆原が言おうとしたのはこのことだったのかもしれない。

「漆原さんはなんて応えました？」

「気持ちの区切りをつけるために、する人もいるって。社会的に死を認めないと、不便なことって世の中にはたくさんあるからね。あの時はまだ大学生だったから、あまり関係なかったかもしれないけど、ほら、相続とか、いろいろ。そういうこと、漆原さん説明してくれたよ。真面目な人だよねぇ」

いかにも漆原らしい。

「だけどね」

彼女はふっと寂しそうな気配を口元に刻む。「差し迫って行う必要がないのであれば、気持ちの整理がついてからでいいのではないかって。でも、そんなことを言ったら、いつまで経っても私の中の海路《かいじ》君は生きているんだよね。だから、私はずっと動けないんだ……」

彼女が無意識に呟いた名前、それは、紛れもなく夏海の兄の名前だった。

翌日、坂東会館に出勤すると、施行予定を記したホワイトボードが埋まっていた。私が休日だった昨日から今朝にかけて、立て続けに仕事が入ったようだ。

漆原とは、午前中から検死を終えたご遺体の引き取りに向かい、そのままご遺族と打ち合わせをした。今回も自殺だった。季節の変わり目、特に新年度が始まる四月はこういうことも多いのさ、と漆原は相変わらず何の感慨もないようだった。

常日頃から、「移動も仕事のうち」と、まるで〝家に帰るまでが遠足ですよ〟という小学校の教師のような生真面目さで言う漆原のおかげで、車の中では仕事以外の話をするのははばかられる。もっともこの言い分は、寡黙な漆原が私に話しかけられるのを面倒に思って捻《ひね》りだした方便かもしれない。

「昼も食べ損ねたたな」

もう少しで坂東会館に帰り着くというところで、漆原が左折して入ったのは、何度も来ているファミレスの駐車場だった。私たちをすっかり見知った店員さんが、禁煙席の最奥のテーブルへ案内してくれる。

私にとっても好都合だった。もちろん空腹でもあるが、漆原に話したいことが山ほどある。とても人目のある坂東会館の事務所でできる話ではなかった。しかも抱えている案件の内容ではなく、あくまでも私個人の相談事なのだ。

漆原は相変わらず和定食とコーヒーを注文し、私も迷った末に同じものにする。

「珍しいな」

注文内容を聞いた漆原が、テーブルに頬杖《ほおづえ》をついて呟いた。いつもの私ならば、食事とはいえ甘いものか、オムライスやドリアなど、漆原曰《いわ》く〝子供の食べ物〟を選ぶからだ。

「心中穏やかならざることがありまして、今日は空腹とはいえ、いつもの気分ではないのです」

いささか思いつめた表情を浮かべて言ってみると、先ほどの打ち合わせの件だと思ったのか、漆原は「どうした」と声を潜めた。

「仕事ではありません。先日相談した友人の件で、新展開がありました」

漆原はため息をついて、ソファに寄り掛かった。

「仕方ないな、言ってみろ」

「実は昨日、駒形橋病院の坂口さんに会いました」

少し意外そうな顔をした漆原は、すぐに「どこで」と訊いた。

「お墓参りの後、両親とスカイツリーの天望回廊に上ったら、ひとりきりでずっと遠くを見ている女性がいました。坂口さんでした」

漆原は小さく頷く。

「漆原さんは、前に坂口さんから、行方不明者のお葬式について訊かれたことがあるそうですね」

「ああ。まさか、彼女が当事者なのか？」

「はい。結婚を前提にお付き合いしていた方が、一宮の海に流されて、六年近く戻ってこないそうです。サーフィンのサークルで知り合ったと言っていました」

漆原は口を一文字に結んだまま、腕を組んでひと言も発しない。勘のいい漆原ならば、夏海の話へと結びつくことに気付いたはずだ。

「相手の家族とどこまで関われるか悩んでいました。結婚しようと思っていた相手を、あっさりと振り切れるはずがありません。ご遺体が見つからない限り、気持ちをどう処理していいのか、持て余しているそうです」

「いっそ、既に亡くなっていると分かれば、前へ進めるというわけか」

「心の中では、もう分かっていると思うんですけどね。六年も経ちますから」

「きっと、男の家族のほうの問題だな。死んだなどと認めたくはないはずだ。そもそも、坂口さんとその家族は意見を言い合える関係なのか？」

「それも悩みのひとつのようです」

「いつまで経っても結論の出ない話になりそうだな」

「だから苦しんでいるんです。スカイツリーに上って房総のほうを眺めながら、彼はまだ海の中にいるのか、空に上ったのか、なんて考えてしまうそうです」

先ほどの店員さんが料理ののったトレイを運んでくる。私たちは自然と口をつぐみ、彼が去るのを待った。

「その帰ってこない男が、君の友人の兄ということなんだな？」

しばらく無言で、じっと運ばれてきた定食を見下ろしていた漆原が面白くもなさそうに確認した。私は勢いよく頷く。

「そうです。友人の行方不明のお兄さんが、坂口さんの恋人だったんです」

漆原は何度目かの小さなため息をつき、箸袋から割り箸をゆっくりと抜き出した。パキリと割る。

私もそっと汁椀《しるわん》の蓋をとってテーブルに置いた。立ち上った湯気が頬に優しい。そこで、指先が冷え切っていることに気付いた。漆原に相談することに、どれだけ緊張していたのかと呆れてしまう。

「清水さん」

呼ばれて顔を上げる。「どうして、昨日スカイツリーに行ったんだ？」

「我が家の区切りです。姉が落ちた川からスカイツリーがよく見えます。だから、家族は誰もスカイツリーには近づこうとしませんでした。でも、今年は両親とようやく命日のお墓参りをすることができて、何かが変わりました。それを祖母や姉に報告したかったんです。スカイツリーみたいに高いところなら、天国にも近いような気がして……」

「そんな気持ちで向かったスカイツリーで、坂口さんに会った」

漆原が鰆《さわら》の身を箸でほぐしながら言う。

「お姉さんが、君になんとかしてあげろと言っているのかもしれないな」

私は箸を置いて、啞然《あぜん》とした表情で漆原を見つめた。視線に気付いたのか、漆原が首を傾ける。

「そうとしか、思えないだろう?」

世の中には、たくさんの偶然がある。単なる確率のようでいて、それだけではないことも、霊感のある私はなんとなく気付いているし、葬儀の仕事に携わってきた漆原も感じているのかもしれない。

「きっと、そうですね」

友人の苦しい胸の内を聞かされながら、〝よその家の問題〟だと、僅かでも思ってしまったことを深く反省した。この仕事に就いた私だからこそ、親身になって相談にのれることなのだ。

「でも、漆原さん。つまり、友人のお兄さんは、もう亡くなっているってことなんですよね」

「気の毒だが、そうだろうな」

口をつぐんで考え込んだ私に、漆原が畳みかけるように言った。

「ひとつ、俺からのアドバイスだ。もし、友人のご両親に会う機会があっても、君が坂東会館の者だとは言わないほうがいいだろう。そのような状況の家族はあまりにも敏感だ。ましてや、息子が生きているかもしれないという願いを繫いでいるとしたら、なおさらな」

「そうですね。気持ちを逆撫でしてしまいそうです。友人にも口止めしておきます」

「区切りをつけるために葬儀が必要になったら、俺が出ていってやる。心配するな」

「漆原さんって、意外とちゃっかりしていますよね」

思わず正面の澄ました顔を眺めると、汁椀を置いた男はニヤリと笑った。

「こっちも仕事だからな」

苦笑を漏らしながらも、心強い後ろ盾を得た気がして、私はテーブル越しに深く頭を下げた。

「ありがとうございます。万が一葬儀となったらぜひお願いします。それに……」

チラリと上目遣いに漆原を見る。

「私も精いっぱいやります、それでも行き詰まってしまう時があるかもしれません。その時は、また相談にのっていただけますか」

呆れたように小さく笑う気配を感じた。

「いつだって、そうしてやっているつもりだけどな。一生懸命さだけが取り柄の出来の悪い部下を持つと苦労する」

私は苦笑しながら、もう一度深く頭を下げた。

第三話　海鳥の棲家

　ミャオミャオとかまびすしい鳴き声がする。隅田川にほど近い住宅地の駐車場で、車を降りた私は唖然とした。

　上空を見上げれば、無数のウミネコが飛び交っている。それだけではない。近くのマンションの屋上や、隅田川とを隔てる高いコンクリートの壁の上にも羽を休める姿がそこここに見受けられる。

「う、漆原さん……」

　概して野鳥の類は好きな私も、それなりの大きさのある鳥が群れを成して飛び回る姿には腰が引け、つい上ずった声を漏らしてしまった。

「春から初夏にかけてがウミネコの繁殖期だ。この季節は隅田川を遡って、川沿いはどこもやかましい。隣の区では、騒音やビルの上の糞《ふん》も問題になっているそうだぞ。海辺よりもビルやマンションの屋上のほうが、よっぽど安全に子育てができるんだろうな」

車をロックし、眩しそうに空を見上げた漆原が言った。隣の区というからには、里見さんからの情報だろう。

里見さんの実家である光照寺は、隅田川からも小名木川からもそう遠くなく、清澄庭園も近い。さぞ野鳥の宝庫に違いない。一方の私は、住宅が密集した本所《ほんじょ》に暮らし、押上の坂東会館との往復の日々だ。こうして打ち合わせで隅田川付近まで来ない限り、川辺とはほど遠い暮らしである。見慣れない光景に驚くばかりだった。

「浅草あたりでも、隅田川に出ればたくさんいるぞ。ウミネコやユリカモメが特に多い」

ウミネコ？　ユリカモメ？

海鳥と言えばカモメという安易な発想しかない私も、さすがにミャオミャオという鳴き声でウミネコと判断したが、確信があってのことではない。

「漆原さんは区別がつくんですか」

訪問予定のご遺族の自宅へと歩き始めた漆原を、慌てて追いかけながら訊ねた。

「見れば分かる」

きっぱりとした口調に、なんとなく悔しい思いがする。帰宅したら双方の違いを調べようと、小走りになりながら心に誓った。

今回の故人は、四十代の男性だ。夜中に入院先の病院で亡くなり、宿直だった漆原が既にご遺体を坂東会館に運んでいた。

お迎えが早朝だったこともあり、退院などの手続きをするご遺族と相談のうえ、葬儀の打ち合わせは改めてその日のうちにご自宅へ伺うということにしてあったのだ。

ご自宅は少し年季を感じさせるマンションだった。エントランスで訪問先を呼び出し、ロックを解除してもらう。エレベーターに向かいながら、漆原が小声で説明を始めた。

「ガンで闘病の末に亡くなった男性だ。訪問医による在宅での緩和ケアに切り替えようとしていた矢先に急変したそうだ」

「帰ってくるはずの家に、帰れなかったんですね……。お気の毒に」

「お迎えに行った時、故人を一度家に連れて帰りたいと奥様がおっしゃった。もちろん、先方がそう望むならできる限りのことはする。一晩ご自宅で安置するとして、その分の搬送コストもかかることになるが、ご理解いただけるなら、なんとでもできるからな」

「でも、結局は坂東会館にそのままお運びしたんですよね。どうしてですか？」

「奥様が冷静な人でな、しばらく思案した後、やはり式場でいいとおっしゃった。考えてみれば、自宅はマンションで安置するスペースもなく、エレベーターも狭い。現実的には難しいから、直接運んで構わないと」

「やけにドライですね」

「いや、ドライというか、現実的で思慮深い方だ。我々にそこまでの手間を掛けさせるのは忍びないということだろう。そういう配慮が伝わってきただけに、無理強いはできなかった。中には非常時ゆえに、何が何でも我を通そうとするご遺族もいるのだがな」

「ここぞとばかりにわがままをぶつける方もいらっしゃいますね。でも、漆原さんは、そのまままっすぐ坂東会館に帰ってきたわけではないんでしょう?」

チラリと上目づかいに漆原を見た。

「遠回りになるが、どうせ区内だ。このマンションの前を通ってから坂東会館へ戻った」

「そんなことだろうと思いましたよ」

小さく微笑むと、行動を見透かされたのが気恥ずかしかったのか、むっつりとした表情で仕返しのように訊ねてきた。

「では、仮にご自宅、つまりこのマンションで亡くなったとしたら、ご遺体のお迎えはどのようにする?」

本来ならそうなるはずだったのだ。病院で亡くなる方が大半とはいえ、ご自宅の場合もあるし、ご自宅と言っても都会では戸建てとは限らない。私は狭いエレベーターをぐるりと見まわした。

「とても、ストレッチャーは乗せられませんよね……、ストレッチャーは一階のエントランスに置かせてもらうとして……、ええと、どうするんでしょう」

「抱き上げるしかないのさ」

「ええっ」

「当然だろう。体格にもよるが、ひとりではさすがに厳しい。ご遺体には硬直もあるし、変に関節などを曲げようとして傷付けるわけにはいかない。おまけに、ご遺族の目もあるしな。椎名ともやったことがあるぞ。椎名がおぶって、俺が後ろから支えた。いかにご遺体を丁寧に扱うか、それが何よりも大切なことだ」

思わずふたりの姿を想像してしまう。時には、他の住人に遭遇してしまうことだってあるかもしれない。

「住宅事情も昔とは違うってことさ。だからこそ、今では自宅を一切介さず、病院から坂東会館のような葬儀場へというルートが主流になっている」

涼しい顔をして司会台に立つ印象が強いこの男も、ご遺体の搬送や祭壇の組み立てと、そこに至るまでにかなりの力仕事をしていると改めて実感する。私は無意識に黒いスーツの下の上腕二頭筋をさすっていた。葬儀屋は想像以上に体力勝負だ。

そういえば、大垣さんの葬儀以来、漆原が私に司会をやれと言ってくることはない。私も藪《やぶ》蛇《へび》になってはたまらないと、その件には触れずにいる。漆原のことだから忘れたはずはなく、何かしら考えがあって様子を見ているのだろう。

エレベーターの扉が開き、目の前が急に明るく開けた。共用廊下に出ると、瑞々《みずみず》しい初夏の風にかすかな潮の香りがのっている。すぐ裏は隅田川だ。

漆原がインターフォンを押すと、ドアを開けてくれた女性の後ろから、パタパタと軽快な足音がして、男の子が飛び出してきた。勢いのついた小さな体を、漆原が受け止める。

「こら、龍馬《りょうま》っ。ごめんなさい、漆原さん」

「いえ、構いません」

漆原は龍馬と呼ばれた男の子の両腕の下に手を入れ、まるでぬいぐるみを持ち上げるようにゆっくりと玄関の上がり框《がまち》に下ろした。

龍馬君は、ぽかんと漆原の顔を見上げている。あどけない顔が可愛らしくて、漆原の後ろから「元気のいいお子さんですねぇ」と声を掛けてしまった。しかし、それを数秒後に後悔することになる。

「龍馬のバカ。もうパパは帰ってこないのに」

やけに冷めた声がして、その出所を探した。

「晋作《しんさく》。そんなこと言っちゃだめでしょう」

振り返った母親の後ろに、壁にもたれてふてくされたような顔の男の子の姿があった。

「ごめんなさいね、龍馬は主人が帰ってくるのを楽しみにしていたんです。まだ、状況がよく分からないみたいで」

不安そうな顔で母親にしがみついた龍馬君の頭を撫でながら、彼女はふたり分のスリッパをそろえてくれた。

彼女の名前は斉木《さいき》遥《はるか》さんという。故人であるご主人、雅人《まさと》さんの年齢は四十五歳と聞いているが、彼女はそれよりも十歳は若そうだ。お子さんはふたりで、長男の晋作君七歳と、次男の龍馬君三歳。それに、ご主人の両親がリビングにそろっていた。祖母は孫たちの世話のため、しばらく前から滞在しているが、祖父のほうは容態急変の知らせを受け、関西から駆け付けたそうだ。優しそうな祖母は、テーブルに着いた私たちにお茶を淹れてくれると、カーペットの上で遊んでいる兄弟たちのほうへ向かった。

「ママは大事なお話があるから、おばあちゃんと遊んでいようね」

晋作君だけは、事情が分かっているのか、相変わらず大人びた冷めた表情でこちらを気にしている。

私はバッグから、打ち合わせに必要な書類やパンフレットを出そうとして、ふと手を止めた。背後のカーペットあたりの気配が、ひとつ、多い気がしたのだ。

龍馬君にぬいぐるみを手渡している祖母、少し離れたところで動物図鑑を開いた晋作君……、その彼に寄り添う気配は一体誰だ？

しかし、すぐに納得した。きっと彼らの父親だ。雅人さんの魂が家族のもとへと帰ってきたのだ。私は少し切ない気持ちになって、テーブルの反対側の遥さんを見つめた。当然ながら彼女は気付くはずもなく、私と漆原に向かい合っている。

「さっきは本当にごめんなさい。もともと、主人が仕事から帰ってくると、いつもああやってとびかかっていたんです。そのまま、抱っこしてもらうのが嬉しいらしくて」

「そんなに歓迎されたら、ご主人もさぞ嬉しかったでしょうね」

「ええ。あの人の楽しみのひとつでした。できる限り残業を減らして、子供が起きているうちに帰ってくるようにしていたんですよ。健康には気を付けている人だったのに……」

遥さんが言葉を切ると、沈黙が落ちてくる。

漆原が冷静な方だと言っていたのも頷ける。まだ小さな子供を残して夫が亡くなってしまったのだ。普通ならば、もっと取り乱してしまうものではないか。

沈黙の中、窓の外では相変わらずミャオミャオとウミネコが場違いに騒いでいる。

ふと、声に誘われるように窓のほうを見やった遥さんの細い首筋と、目の下にくっきりと浮かんだ青黒い陰りが気になった。顔色も悪い。

考えてみれば、夜中にご主人を看取り、坂東会館に遺体のお迎えを依頼し、それから退院の手続きをして自宅に戻ってから、半日も経っていないのだ。きっと、ギリギリのところで自分を励まし、妻としての役目を果たそうとしているに違いないのだと思い至る。

その上、これからはふたりの子供の母親として、ひとりで何もかも背負っていかなくてはならない。確かに取り乱している場合ではない。

不意に、張りつめていた彼女の表情がふっと緩んだ。遠くを見るように目を細める。

「賑やかでしょう？　毎年この季節はこうなるんです。結婚した時に主人が、空が見える部屋がいいと言い張ってここを選んだんですけど、空ばかりかすぐ横は隅田川で、風当たりは強いし、ウミネコはうるさいしで、ベランダに洗濯物を干すのも躊躇うほどです。でもね、去年はエアコンの室外機の陰に巣を作ったんですよ。親鳥を驚かせてはいけないと主人が言って、みんなで静かに見守ったんです。家族四人、こっそりと窓に張り付くようにしてね。孵《ふ》化《か》した時はみんなで大喜びしました。楽しかったなぁ……」

思い出の中では、一瞬でも現実を忘れることができたのか、再び表情を引き締めた彼女は、「ごめんなさい、打ち合わせを始めてください。何分、こちらは全くの不案内です。よろしくお願いします」と漆原に頭を下げた。

ご主人の父親は穏やかな気性の方らしく、妻であり喪主を務める遥さんに全て任せるといった雰囲気だ。それも、彼女のしっかりした性格を理解しての気遣いのようにも思われた。

坂東会館へ戻ると、二階で行われていた葬儀の出棺を見送った陽子さんたちホールスタッフが、会食の準備を終えてちょうど事務所へ戻ってきたところだった。

「お帰り、美空」

いきなり背中を力強く叩かれ、驚いて振り向けば、今度は陽子さんがぎょっとした顔をする。

「どうしたの、やけに暗い顔しているね」

妻と幼い子供を残して亡くなった方の葬儀の打ち合わせの後だ。明るい顔などしていられるわけはない。悄然《しょうぜん》とした私とは対照的に、陽子さんは勢いが有り余っているという様子だった。

それもそのはずだ。火葬場からご遺族が戻るまでのおよそ二時間が、ホールスタッフにとって一番慌ただしい時間なのである。普段から全力でホールスタッフの指揮をとる陽子さんにとっても、特に気合が入るひとときなのだった。

かつて、ホールスタッフとして同じことをしていた私も懐かしく思い出す。

出棺が終わり、火葬場へと向かう霊柩車やマイクロバスをお見送りした後、厳かな式場は一気に戦場と化す。私たちはそれまで保っていた神妙な表情を制服の上着とともに脱ぎ捨て、玄関から式場へと駆け上がる。

式場に戻ると、既にその日の夜に行われる新たな通夜の準備のため、担当者や生花部のスタッフが祭壇を組み替えている。私たちはパーテーションで式場を区切ると、素早くテーブルを配置し、地下の厨房から運ばれた膳の用意を整える。ご遺族が戻る直前に、料理だけ並べればいいように、全ての準備を整えるのだ。

通夜の後の配膳も慌ただしいが、こちらはかしこまった食事の席だけによけいに気が抜けない。おまけに、当日にならないと人数もはっきりしないという難点もある。出棺の際、マイクロバスに乗り込む同行者の人数を素早く数えていることに、一体誰が気付いているだろうか。あの頃は、まさか自分が火葬場へ同行する立場になるとは考えてもみなかった。

今の陽子さんたちは膳の準備を整えたところで、火葬場へ同行した担当者からの「今から戻る」という連絡を待っているのだ。その間のわずかな時間が、彼女たちのランチタイムとなる。

事務所の奥の和室からは、絶えず賑やかな笑い声が聞こえてくる。パートさんたちが昼食を広げながら、近所のドーナツ屋の話題で盛り上がっていた。スタッフ同士の仲がいいのは、坂東会館の伝統のようなものだ。

いつもならばそこに加わる陽子さんだが、今日は私を気遣ってか、給湯スペースでカップ麺にお湯を注ぐと、共有テーブルの私のところにやってきた。

「そんな顔をしていたら、ますます楽しくなくなるよ?」

「楽しい、楽しくないの問題ではありません。今回のお式、幼い子供をふたりも抱えた女性が喪主さんなんですよ」

私はつい大きなため息を漏らしてしまった。

三分待てないとばかりにカップの蓋を開けた陽子さんの手元から、いかにもインスタントといったスープの香りが漂い、隣にいた漆原がわずかに眉を寄せる。陽子さんは気にも留めず、顔に似合わぬ〝超デカ盛り〟と書かれた大きなカップに割り箸を突っ込みながら言った。

「今回の、じゃなくて、今回も、でしょ？　漆原さんの式なんだから」

再びピクリと漆原の眉が動いたが、彼女は素知らぬ顔で豪快に麺をすすっている。

どうやら、今日は時間に余裕がないらしい。火葬場へ同行した人数が多いのだろう。会食の人数が増えれば、その分準備も大変になる。しかし、出棺を終えてから再び戻ってくるまでの時間は、人数に関係なく毎回ほぼ同じなのだ。

「美空まで暗くなっちゃだめだよ。ホールスタッフの私たちは、あくまでも喪主さんや会葬者が心地よく二日間過ごせるように尽くすのが仕事だけど、美空はご遺族を支えるのも仕事なんだからね。ずっと喪主さんたちに近いんだから、相手が暗くなっているんだったら、何か光を見出せるようにしてあげなきゃ」

麺を咀嚼《そしゃく》する合間に、器用に陽子さんが言う。何気ない言葉に、私ははっとさせられる。

「別に喪主は暗くなってなどいない。清水さんが勝手に暗くなっているだけだ。もちろん、喪主が無理をしているのは分かっているが、こうあるべきと思って強く振る舞う人に、その必要はないと言うのも失礼だろう」

漆原の言葉ももっともだった。

夫を見送る式の打ち合わせに臨んだ遥さんは、なぜか凜としていた。

その表情や痩せた体は、いかにも憔悴《しょうすい》した様子だったが、何よりも気力が漲《みなぎ》っていた。彼女の境遇に勝手に同情して、気の毒に思ってしまった自分が情けない。

不意に電話が鳴り、一番近くにいた私が反射的に手を伸ばした。

「陽子さん、火葬場の宮崎さんからです。今から出ますって。ちなみに、往路は道路が空《す》いていたから、戻りも三十分かからないのではないかとのことです」

「もう？　思ったより早いなぁ」

陽子さんは、あと少しで食べ終えるところだったカップ麺を恨めしげにテーブルに置くと、和室に向かって声を張り上げる。

「おーい、みんな、お昼は中断。今から出発だって。八木さんは、そのまま玄関でお迎えの準備をしてくれるかな。あとのみんな、二階へ行くよっ」

そのまま、和室の四人を引き連れて、颯爽《さっそう》と事務所を出ていく。相変わらずホールスタッフの結束は素晴らしい。というよりも、陽子さんのリーダーっぷりはいつ見ても気持ちがいい。

嵐が去ったようにしんとした事務所に、ただカップ麺の匂いだけが漂っている。

「これ、どうしたらいいんでしょう」

「さぁな。赤坂さんのことだから、終わったら食べるんじゃないか？」

漆原の言葉に、私はそっとカップ麺に蓋をかぶせて、浮かないようにテープで留めた。

「昼食は、どうする」

漆原がチラリと私を見る。

「何やら胸がいっぱいです。でも、漆原さんは宿直の後、コーヒーしか飲んでいませんでしたよね。式場や火葬場は押さえましたし、細々とした手配をする前に、どうぞ行ってきてください」

「気分転換も必要だぞ」

漆原の言葉に、しばし迷う。

「ふたりとも、電話番なら心配いらないからな。俺は夕方まで出る予定がない」

私たちの会話を聞いていたのか、給湯スペースの換気扇の下で煙草《タバコ》を吸っていた青田さんが大声で言った。温かみを含んだその声音に、私は甘えることにした。

正面玄関を出た漆原は、スカイツリーに向かって道路を渡った。

打ち合わせの帰りによく利用するファミレスは、徒歩で行くには近いとは言えない。

漆原のお気に入りの蕎麦《そば》屋は、方向が逆である。

では、一体どこを目指すのかと思えば、何のことはない、いつもとは違う別のファミレスだった。どれだけファミレスが好きなのかと、二階のエントランスへと続く薄暗い階段を上りながら、内心呆れつつも笑ってしまった。先ほどまでの沈んだ気持ちが少しだけ和らぐ。

ランチタイムはとうに過ぎたせいか、店内はさほど混雑しておらず、ここでも禁煙席の奥まったテーブルに着いた漆原は、メニューを広げると私に差し出した。

「俺は食事をする。君はパフェでもなんでも好きにしろ」

私はキョトンと漆原を見つめた。以前、食事の代わりにパフェを注文して、呆れられた苦いないのだ。

記憶がある。しかし私にとって、精神的な疲労感を払拭《ふっしょく》してくれるのは、糖分と脂肪分以外に
「私のためにファミレスにしてくれたんですか」

そこまで漆原がファミレスを愛しているとは思えない。ただ、和洋中、そして甘味と、こだわらなければひと通りそろっているのがファミレスである。

「さすがに一年以上も一緒にいれば、君の扱いにも慣れた」

漆原の注文は既に決まっているらしく、頬杖をつくと目だけ動かして店内をぐるりと見渡す。

「それだけじゃないぞ。こういう店は便利だ。広さがあるし、色々な人が出入りする」

首を傾げる私に、漆原は続けた。

「スカイツリーのおかげで、この辺りの街並みも店も、随分とこじゃれたものに変わった。それは別に悪いことではない。ただ、ハレの舞台になり、楽しげな人々が溢れる場所になった。そこに、敢えて俺たちが入り混じる必要はないだろう」

私は思わず自分の黒いスーツを見下ろし、正面の漆原を見た。確かに、華やかな気分の観光客に水をさすようないでたちである。「ちょっと、抹香臭いですしねぇ……」

「だから、仕事の時はここでいいのさ」

漆原の理論に何となく納得する。それに、ボックス席ではよほどの声を出さない限り、会話も周りには届かない。

似たような話をつい先日も聞いたような気がする。水と油が混じり合わないようなものかと、

曖昧ながらも納得したのはいつだったか……。

スカイツリーで出会った時の坂口さんとの会話だ。

結婚の約束まで交わした相手を失《な》くした彼女は、私たちにとっては何気ない日常の世界がつらくなってしまった。それは、当たり前のように明日が来ると信じられる人々が溢れる世界だ。彼女が選び、自分の存在意義を見出した場所は、終末期の病棟だった。今を大切に生きる人たちと、彼女はささやかなことで一喜一憂しているのだ。

少しだけ似ている気がする。その場所がどうのということではなく、そういう考え方をする漆原と坂口さんが似ていると思うのだ。

漆原の言葉も、決して自分たちの職業が世間からどう見られているか、ということを気にしてのものではない。自分の仕事に誇りも、自信も持っている漆原を日々見ているからよく分かる。

つまり、ふたりの感覚に共通するのは〝死〟なのだ。紛れもなく私たちの日常に寄り添うように存在するもの。けれど誰もが意識せず、自分たちとは遠いと錯覚してしまうもの。しかし、その存在を近くに感じた時、今の日常がいかに大切でかけがえのないものかと気付かされる。

ふたりは、そのことをよく分かっているのだ。

そっと、窓辺の日の差し込む明るいテーブル席を眺めた。

学校帰りなのか、制服姿の女子高生がさかんに歓声を上げながら、始終笑い合っている。その横のテーブルでは、母親からアイスクリームののったスプーンを口に運んでもらう小さな男の子。斉木さんの家の龍馬君と同じくらいだ。

ありふれた光景だった。しかし、そんな光景が、今の私にはなぜか愛しく思える。

「僧侶は、里見さんですか?」

注文を済ませた後、私は小声で訊ねた。

僧侶を紹介してほしいというのは、喪主の遥さんからの要望だった。

ご主人のご実家は関西で遠い。彼女の実家も北海道だという。この先も、ご主人と過ごした東京のマンションで、子供と共に暮らしていきたいと彼女は希望していた。そのため、今後も世話になれるお寺、もしくは僧侶を紹介してほしいと言われていた。宗派は特に問わないという。それならば、漆原が紹介するのはただひとり、光照寺の里見さんしかいない。

「もちろんだ」

「里見さんなら安心してお任せできますね。あの喪主さんの心を、もっと素直にさせてあげられそうな気がします」

「どうしてそう思う?」

「立派過ぎるんです。あのマンションは、ご主人のお気に入りだっていうことも伺っていますし、大切な思い出がたくさん詰まった家だということも分かります。ですが、どちらのご両親も頼らず、東京で、ひとりで子供を育てていくのはどれだけ大変でしょうか。並大抵の覚悟でできるものではないはずです。しかも、亡くなった当日に、そこまでのことを冷静に決められるとは思いません。ご主人と前々から決めていたか、もしくは、相当な無理をしているはずです」

「なかなか見ているじゃないか」

「どこか、感じるんです。本当は苦しい胸の内を」

「部屋の様子を覚えているか」

唐突な漆原の質問に、私は斉木家の内部の記憶をたどった。

龍馬君が駆けてきて、漆原に飛びついた短い廊下と玄関。通されたリビングは、窓が大きくてその向こうは隅田川だった。テーブルに着けば、川は見えないが空はよく見えた。その横のカーペットが敷かれた広々としたスペースは、子供のための遊び場か？　通常、そのあたりに置かれていそうなソファは、中途半端に隣の和室の入り口を半分ふさぐような形で置かれていた。

「やけに、広々としていましたね。お子さん中心の生活なのか、家具の配置がかなり個性的というか……」

「ご主人を在宅ケアに切り替える予定だったと言ったのを覚えているか。おそらく、リビングにベッドを入れる予定で、配置を変えたんだ。本来壁側にあったソファをずらして、ベッドを置くつもりだったんだろうな。足を窓側に向けるようにすれば、横になったまま正面に空が見える。左を向けば、リビングにいる家族。あの間取りならば、間違いなくそうするはずだ」

「なるほど……」

「君の言う通りだ。遥さんは冷静すぎる。いくら最後の時を過ごすためとはいえ、ご主人は帰ってくるはずだった。彼女もどれだけ心待ちにしていただろうか。だが、期待は裏切られ、ご主人は急変して亡くなってしまった。それまでも気の休まる時などなかっただろうし、嘆きこそすれ、あそこまで毅然《きぜん》としていられる理由が分からないな」

遥さんだけではない。きっと、ご主人も、ふたりの幼い子供たちも、どれだけ家族で過ごせる日を心待ちにしていただろうか。打ち合わせに伺った時に、父親が帰ってきたと思って漆原に飛びついた龍馬君を思い出すと切なくなる。もう二度と父親が帰ってこないということを理解した時、母親である遥さんは子供たちの気持ちも全てひとりで受け止めなくてはならない。

「ひとつ、言えるとしたら、遥さんが母親だからではないでしょうか」

私の言葉に、漆原はじっと私の目を見つめた。

「私が言っても説得力はないかもしれません。でも、これからはひとりで子供たちを守っていかなければならないという覚悟が現れている気がするんです。だって、今、彼女が取り乱してしまったら子供たちも不安になるでしょうし、ご主人のご両親だって頼りない嫁だと思うでしょう？　遥さんがあの場所でこれからも生きていくためには、強いところを見せなくてはいけないんです。たとえ、今だけでも」

漆原はなおも私の目を見つめていたが、納得したように頷いた。

「君の言う通りかもしれないな。母親が強いということくらい、俺だって知っているさ。いざっていう時は、いつでも女性のほうが強くて冷静なものだ」

思いのほかあっさりと私の言い分を肯定した漆原に、少し意外な気がする。

話しているうちに、ますます確信を強めたのは、私の母親もまた強さを持っているからだ。母は私の姉、つまり幼い長女を事故で亡くしている。かわいい盛りの姉を失い、どれほど苦しんだだろうか。けれど、私が姉に対する負い目を感じないよう、まっすぐな愛情を注いでくれた。姉を悼む気持ちと、私への愛情はきっと等しいものなのだ。

「でも……」

思わず言葉がこぼれる。

「なんだ」

「どこかで一度くらい、遥さんを思いっきり泣かせてあげたいです。ご主人のために、思う存分涙を流させてあげたいと思うのは、私の勝手な願いでしょうか」

漆原は何も応えようとしなかった。

その日の夕方、私たちは再び斉木家のマンションを訪れた。遺影の写真を受け取り、会葬者の人数などを確認するためだ。

そこで漆原は僧侶の話を切り出した。

「今回のお式には、真言宗豊山派の光照寺という寺院から僧侶をお呼びいたします。坂東会館でも度々お世話になる信頼できるお寺さんであり、今後の法要等含め、十分に頼れる寺院でもあります。江東区の清澄白河《きよすみしらかわ》の駅にも近く、こちらからもそう距離はございません。もちろん、今回は光照寺の僧侶に来ていただきますが、その後のことは改めてご検討いただいて構いません」

遥さんが戸惑ったような表情を浮かべたのは一瞬のことで、次には深く頷いた。

「漆原さんが信頼できるとおっしゃるのならば、その光照寺さんにお願いします」

「かしこまりました」

漆原が目礼をし、引き続き通夜の予定について説明を始める。私はふたりのやりとりを聞きながら、意識は部屋の片側に向けていた。漆原が言っていた通り、ご主人のベッドを置くとしたらやはりこの場所しかない。

子供たちはカーペットの上にぺたんと座り、大人しく夕方のアニメ番組に見入っている。まだカーテンが閉められていない窓からは、光の名残を残した白っぽい空が見えていた。青空が彩度を少しずつ失くしていく、夕時の透明感ある色が切ないくらいに美しい。ミャオミャオと声を上げて飛び交うウミネコが、黒い影となってよぎっていく。

窓には、灯《あか》りを点《つ》けた部屋の様子が映り込んでいて、空が暗くなるにつれ、その様子も次第にくっきりと鮮明になっていく。アニメを食い入るように見つめる子供たち、横のテーブルに座る私たち。その様子を眺めているのは、しかし、私だけではなかった。

部屋の片隅から注がれる視線は、愛しげにその一幅の絵画のような光景を眺めている。

魂になってさえ、戻りたかった場所だ。置き去りにしなくてはならない家族を、雅人さんはどのような思いで眺めているのだろうか。

「ご主人を家まで連れて帰ってあげるなんて、漆原もたまには気が利くじゃないか」

里見さんは満面の笑みで言った。

坂東会館に到着した彼に、斉木家でご主人の気配を感じたことを伝えたところだった。私が敢えて触れずにいたことも、この僧侶はなんの屈託もなくさらりと口にしてしまう。

「お前たちと一緒にするな。俺はただご自宅の前を通過しただけだ」

漆原はあくまでもそう主張する。故人と遥さんの気持ちを汲み取って行動した結果、魂だけが途中下車してしまったのは、この男にも想定外だったのだろう。

「結果としてよかったじゃないですか。まぁ、ご家族が誰もお父さんの存在に気付けなかったのは残念ですけど、一晩でも一家だんらんができて、ご主人も満足ですよ」

私の言葉に、ロビーから式場を覗いた里見さんも頷く。祭壇の前には、棺に寄り添う母子の姿があった。

「そうだね。だって、ほら、今日は奥さんに付いてきて、ちゃんとご遺体のところに戻っているもの。やっぱり一度は家に帰りたかったんだね」

里見さんの陰から、私ももう一度祭壇を眺めた。

ご遺影の雅人さんは目を細めて微笑んでいる。いかにも「優しいお父さん」といった様子は、遥さんが大好きな表情だったのではないかと思う。

それを取り巻くのは白と青の花々だ。大部分を占める白い花の中に、青い花を配置し、涼やかな風を感じるような清々《すがすが》しい色調である。青い花はデルフィニウム、トルコキキョウ、ルピナス、紫陽花《あじさい》などで、空を眺めるのが大好きだったというご主人のために遥さんが希望したものだ。そう思えば、白い雲の切れ間から鮮やかな青い空が覗いているように見えなくもない。漆原と生花部のスタッフが何度も花の配置を変えながら、ギリギリの時間まで試行錯誤したものだった。

そんな祭壇の前に、斉木家の家族の姿がある。

ご主人は棺の中とはいえ、ひっそりと身を寄せ合った家族は、どこか神聖な雰囲気さえ漂わせている。遥さんと膝に抱かれた龍馬君、横の椅子にちょこんと座った晋作君まで、不思議な静けさに包まれている。

「ずっとあんな様子なの?」

「ああ。式場に到着してから、もう一時間はあの状態だ。ご自宅に帰れなかったご主人と、ゆっくりと時を過ごしたいのかもしれないな」

「そう」と、労わるような表情で頷いた里見さんは、ふっと顔を上げた時には、柔和な顔にいつもの微笑みを浮かべていた。「ちょっとご挨拶してこようかな」

まさかこのタイミングで行くのかと、驚いたのは私だけではなかったようで、漆原がとっさに里見さんの手首を摑む。里見さんは不満そうな顔で振り返った。

「ちゃんとご挨拶しないといけないでしょう? だって、これから長いお付き合いになるかもしれないんだもの。だから、ご主人にもね」

そう言われてしまえば、納得するしかなかった。

「分かった。ただ、便宜上、俺が紹介する。来い」

手を放した漆原に、満足したように里見さんが頷いた。

漆原に紹介された里見さんは、遺影をじっと見つめ、手を合わせる。まずはご主人にご挨拶をしているに違いない。遥さんは思いのほか若い僧侶に戸惑いを隠せない様子だったが、丁寧に頭を下げ、もじもじと母親の後ろに隠れた幼い兄弟の名を呼んだ。

「晋作、龍馬、ご挨拶は?」

ふたりの名前に目を丸くした里見さんは、しゃがみ込んで子供の目線になった。

「かっこいい名前だね。こっちが晋作君?　そしてこっちが龍馬君?」

にっこり笑って差し出された手に、おずおずとふたりの子供が手を伸ばす。里見さんは両手でそれぞれに子供の手を握った。

名前を褒められて、すっかり警戒心を解いた兄弟は、今度は見慣れぬ僧侶姿の里見さんに興味津々の様子だ。

「強そうだし、おまけに賢そうな名前ですねぇ」

しゃがみ込んだままの里見さんが遥さんを見上げると、彼女は微笑んだ。

「主人が決めました」

「ご主人は、もしかして歴史がお好きですか?」

子供たちに纏《まと》わりつかれながら、里見さんがようやく立ち上がって遺影を見る。遥さんもつられて遺影に目をやり、くすりと笑った。

「好きでしたねぇ。とっても。墨田区役所の勝海舟《かつかいしゅう》の像を見た時に、子供の名前は決まった、って言い出したんです。婚姻届を出した時ですよ？」

「素敵な思い出ですね」

微笑んだ里見さんに、子供たちが袈裟を汚しては大変と引き離した遥さんが頷いた。

「はい、素敵な思い出です」


「喪主様も、安心して里見さんに式をお任せできると思われたでしょうね」

私の言葉には応えず、里見さんは先ほどから何度も「子供ってかわいいなぁ」とどこか上の空で繰り返している。あの後も晋作君と龍馬君に追いかけられて、ようやく僧侶の控室に入ったところだった。

「まずは嫁さんを見つけろ」

漆原に呆れられ、里見さんは黙り込んでお茶をすすった。

里見さんの様子に笑いを堪《こら》えながら、私は穏やかだった雅人さんの気配を思い出していた。

「やっぱり、家に帰りたかったんですね」

私がしみじみ呟くと、里見さんはさも当然というように頷いた。

「それはそうだよ。だって、家には家族が待っているんだもの。奥さんと、さっきの子供たちだよ？　よその子供でもあんなにかわいいって思うんだもの、自分の子供だったら、どれだけだろうね。ましてや、最後の時だもの。少しでも長く一緒にいたいと思うのは当然だよ」

「他には？」

「そうだなぁ、どこよりも安らげる場所だからじゃないかな。誰にだって、大変なことがあっても、家に帰ってほっとした経験あるでしょう？　家族や、大切な人がいたら、なおさらそうだよね。その人たちと暮らしてきた、穏やかに過ごせる場所。自分を守ってくれる空間みたいな感じかな。長く入院が続いたなら、よけいに家は懐かしくて、帰りたいと思うよ」

「お前は家に守られ過ぎだ」

するりと口を挟んだ漆原を、里見さんが睨みつける。しかし全く迫力がない。

「そんなことないよ。これでも日々、厳しい兄上たちと熾烈《しれつ》な争いを繰り返しているんだからね」

どこをとっても僧侶としては問題のない里見さんの唯一の欠点が、涙もろさである。それゆえ、なかなか一人前と認めてもらえないらしいが、私に言わせれば涙もろいのは心が優しい証でもあり、むしろ美点だと思える。

遥さんのご主人が家に帰ったことについて、執拗《しつよう》なほどに意見を求めたためか、里見さんは困惑したように首を傾げた。

「どうしたの？　あのご主人なら、もうご遺体のところに戻っているし、未練はたっぷりあると思うけれど、お別れの覚悟はできていると思うよ」

「はい、私もそう思っています」

頷いた私の心にあるのは、実は夏海の兄、海路さんのことだった。家族の待つ家に帰りたいと願った遥さんのご主人のことを思うと、ますます帰ることのかなわない魂の行方を考えずにいられなかったのだ。

坂口さんとの会話以来、ずっと心のどこかに海路さんが漂っている。

「清水さんは、もうひとつ厄介ごとを抱えているのさ。今回の葬儀には関係ない」

漆原はとうに私の雑念を見抜いていたようで、さりげなく仕事に集中しろと釘を刺される。

確かにそうだと、心配そうに顔を覗き込む里見さんに微笑んでみせた。

「ごめんなさい。ちゃんと斉木さんの葬儀に集中します」

私のことも気にしてくれながら、里見さんの一番の関心ごとは当然、目の前の葬儀である。

「それにしても、喪主さんは随分落ち着いていたね。僕も驚いたな。ずっとあんな感じなの？」

「ああ。最初から驚くほど冷静だった。病気のご主人のそばにいれば、それなりに覚悟はできていたとは思うが、それでも子供をふたりも抱えて、心細さもひとしおだろうに、葬儀の段取りも、ご主人の両親に頼ることなく整えたのは彼女だ」

「きっと、しっかり話し合っていたんだよ。幼い子供を残して逝かなくてはならないご主人が、何よりも気がかりなのはこれからの家族の生活のはずだもの。大切な奥さんと、あんなに可愛らしい子供たちが、途方に暮れないようにね。だから、彼女はその通りにしているんじゃないかな」

「病床のご主人と、そんな話をしていたとしたら、なんだかやりきれないですね……」

「そうは言っても、必要なことだ。死が避けられない以上、せめて妻が困らないように用意をするのが夫の役割だと思ったのだろう。病気がなければ、これから何十年もかけて夫婦で相談していくはずだったことだ」

「何十年……。確かにそうですよね」

「きっと、お互いの役割を果たそうとしているんだね。でも、そこに行き着くまでは、ふたりとも苦しんだんだろうなぁ……」

里見さんの言葉に、斉木さんご夫婦の強い絆《きずな》を感じる。家族が迷わぬよう、道筋をつけてくれたご主人の深い愛情を、遥さんは間違いなく実感しているはずである。

「我慢しているのだとしても、今泣かなくて、一体いつ泣くのでしょう……」

涙を流すことなく、大切な人の死を受け入れられるものなのだろうか。毅然と、そして静かに伴侶の死を見つめる遥さんがかえって痛々しくて、つい言葉を漏らす。

「それも、何か約束があるのかもしれないね」

里見さんが呟いた。


開式の時間が近づき、ご親族やロビーにいた人々を式場へと案内する。

誰もが、幼い子供とともに残された遥さんに対し、痛ましげな視線を向ける。同情し、気遣い、涙を浮かべる会葬者にも、遥さんは子供たちの手をぎゅっと握ったまま、涙ひとつ見せずに丁寧に礼を返していた。

「時間だな」

漆原が手首の時計を確認し、白い手袋をはめる。

準備を整えた里見さんが私の横に並んだ。お清め会場の手前では、ホールスタッフが準備に問題がないことを告げるように頷いている。小さく頷き返した漆原は、ついと視線を上げた。

「では、行ってきます」

式の最中も、遥さんは毅然と青白い顔を上げて、じっと祭壇を見つめていた。

固い表情から感情は読み取れない。焼香が始まると、晋作君を促し、龍馬君と手を繋いで、ゆっくりと祭壇の前に進んだ。親族席、会葬者席を眺め、深々と頭を下げる。

焼香台の上にふたつ並べた香炉の前で、彼女は母親らしく晋作君に教えるようにして、抹香を額に押しいただく。緊張している様子の晋作君と、次に遥さんに抱き上げられてまねごとをする龍馬君。この姿に、式場内からは押し殺したようなすすり泣きの声が漏れる。

そこからはもう悲しみの連鎖だった。故人の母親が、肩を震わせながら焼香を終える。その様子に、式場中がますますしっとりと涙に包まれる。

まだ早い故人の死、残された妻と幼いふたりの子供たち。そして働き盛りの息子に先立たれる両親。弔問に訪れた人々は、大半が故人や遥さんと同世代の方々で、いっそうやり切れぬ思いがあるようだった。

その中でも遥さんだけは、隣に座った龍馬君の手をぎゅっと握ったまま、じっと耐えるように遺影をまっすぐに見つめていた。

式が終わり、ご遺族たちもパーテーションで区切られたお清め会場へと移動していた。

会葬者たちはほとんどが遥さん夫妻の友人らしい。遥さんの「せっかく来ていただいたのですから、ゆっくりと主人を偲んでいってください」という言葉で、いつしかご親族と一緒になって、故人の思い出話で盛り上がっていた。龍馬君は眠くなってしまったようで、しばらく前に祖母に抱っこされて控室へ行っている。

パーテーションの向こうのざわめきを聞きながら、漆原はいつものように司会台で翌日の進行表を確認していた。

「式の最中も、喪主様は泣いていなかったな」

「驚きました。あれだけ式場中がすすり泣いている中、喪主様も晋作君もよく耐えましたよね。里見さんが言っていたように、やっぱり約束でもしていたのでしょうか。決して泣かないというような……」

漆原は応えず、ゆっくりと視線を上げて遺影を見つめた。私もその視線をたどれば、自然と故人の穏やかな眼差しと目が合う気がした。

「こちらにいてもいいでしょうか」

後方から声がして、振り向けば遥さんが立っていた。彼女の喪服の裾をぎゅっと握った晋作君も一緒だった。

「どうぞ。ご主人のそばに付いていてあげてください」

漆原が焼香台を脇によけ、棺のすぐ横に椅子を置く。

「お食事はもういいのですか」

私が訊ねたのは、晋作君を気遣ってのことだ。なんとなく、初対面の時からやけに大人びて、甘え下手な様子が気になっていた。今夜のお料理は、子供用にオードブル盛り合わせを一台追加していたが、ちゃんと食べてくれただろうか。

人見知りなのか、しっかりと母親にしがみついた晋作君に苦笑しながら、遥さんがそっと頭を撫でる。

「さっきから、ずっと離れないんです。子供なりに心細いのかもしれませんね」

弟の龍馬君が眠ってしまった今だからこそ、ようやく素直に甘えられるのかもしれない。それを遥さんも分かっているのだ。「大丈夫、ママはどこにも行かないよ」と、晋作君の肩を抱いて棺の近くまで進んだ。

棺の窓を、愛しげな眼差しで覗き込む母子の姿を見つめながら、私はじっと立ち尽くしていた。

「行こう」

漆原が低く囁《ささや》き、横を通り過ぎる。「家族で過ごす最後の夜だ」

私は頷いて式場を出た。

事務所に戻り、入り口近くの椅子に座った漆原にコーヒーを差し出すと、黙ったままポーションミルクを二個ほど入れて口を付けた。私も向かい側に座る。自分のコーヒーには、陽子さんが買っておいてくれる牛乳がたっぷり入っていた。

涙を見せない喪主母子の姿に、見ているこちらのほうが胸を締め付けられる。ここで苦いコーヒーでも飲んだら胃が痛くなりそうな気がした。

里見さんは、通夜が終わると早々に帰ってしまった。

私以上に敏感な彼は、きっと式の最中も、式場全体を覆いつくした悲しみの気配に押しつぶされそうになっていたのだろう。式の前に遥さんやふたりの子供と接し、情を通じてしまっただけに、よけいにつらいものがあったはずだ。

「明日も喪主様はあのままでしょうか。いよいよご主人とのお別れです。泣くことを無理に堪えているのだとしたら、葬儀が終わって張りつめていたものが切れた時、どうにかなってしまうのではないかと思うんです」

「どうにか？」

ゆっくりとコーヒーをすすっていた漆原が顔を上げた。

「気力をなくしてしまうか、逆に反動で大きな悲しみに襲われるか……。お子さんがいるだけに、よけいに心配なんです」

「式の直前に、喪主を連れて里見の控室に行った時、あいつは直接訊いていたぞ」

私が式場のロウソクや木炭の準備をしていた時だ。

「何を？」

「なぜご主人を亡くしたばかりなのに、そんなにしっかりしていられるのかと」

さすが里見さんだ。私ならば、こんな時にご遺族に堂々と訊ねる度胸はないし、できたとしても、漆原に何を言われるか知れたものではない。むしろそちらのほうが怖い。

「喪主様はなんておっしゃったんでしょうか」

漆原自身も、最初から遥さんの気丈な態度には驚いていた。しかし、この男にもその理由がはっきりとは分からなかったのだ。

「やはり、あったのさ。約束が」

その顔には、ご遺族に寄り添う時の穏やかな表情があった。

「泣いてもご主人が帰ってくるわけではない。どんなに泣いても、どうにもならないってことは、彼女には十分すぎるほど分かっていたんだ」

静かで柔らかな漆原の口調は、遥さんの悲しみをそっと撫でていくようだ。

「入院中のご主人の横で、彼女は散々泣いたそうだ。里見が言っていたことはどれも正しかったようだな。ご主人は遥さんに、これからの家計の算段、子供たちのこと、諸々の手続き、必要なことを事細かに説明したという。ご主人にとっては、妻を困らせないためにと思ってのことだが、遥さんには何よりも聞きたくない話だった。そんな話はやめてほしいと、病室で毎日声を上げて泣いていた」

「そうだったんですか……」

「今思えば、体の痛みに耐えながら必死に家族のことを考えてくれていたご主人に、自分の不安な気持ちをぶつけてしまっていたと、遥さんは言っていたよ。看護師に宥められるよりも、ご主人の困った顔を見るほうがよけいに切なかったとな……」

漆原は黙ったままの私にチラリと目をやり、ひと口だけコーヒーをすすった。

「その度にご主人が言ったそうだ。泣かないでほしいと。泣き顔を見ると、自分も悲しくなる。家族の笑顔や、楽しい思い出だけを抱えていきたい。だから、泣くなと」

これからは、泣いても慰めてくれる人はいない。ここまで自分と子供を案じてくれる人のために、強くならなければならない。残された日々を、泣き続けて、お互いに苦しい気持ちで過ごすのは、あまりにももったいないではないか。何よりも愛する人を安心させたい。遥さんの気持ちが、今になってようやくはっきりと感じられた。

「ご主人が、最後の時を家族と過ごそうと決めたのは、そのためだったんですね。病院で遥さんとそんな話をする時は、さすがに子供は連れていけませんもの。楽しい思い出の詰まった家に帰って、残された日々を家族と微笑みながら終えようと……」

漆原は頷く。

「残念ながら間に合わなかったけどな。だから、約束だけが残っているのさ」

「感情のままに振る舞うことができたら、もっと楽になれるでしょうに……」

私は重いため息をついた。


翌朝、里見さんは開式時間よりもかなり早く坂東会館に到着した。

事務所に顔を出した里見さんの瞼《まぶた》がほんのりと赤らんでいて腫れぼったい。一晩中、雅人さんのご冥福を祈っていたのか、もしくはまた泣いていたのかと疑えば、本人にも自覚があるらしく、照れ臭そうに笑った。

「寝不足だよ。今朝は早起きして、隅田川まで散歩したんだ。小名木川と隅田川が合流するあたり、なかなかいいんだよ。天気がよくてね、ウミネコが元気に飛び回っていた。斉木さんの家にもウミネコが来るって言っていたでしょう？　あの家族が仲良く眺めていた景色を、僕も感じてみようと思って」

しばらくその顔をじっと見つめていた漆原は、呆れたように目を逸らす。

「うんと濃いお茶でも淹れてやってくれ。そんな顔で出られたら、紹介した俺もバツが悪い」

「ひどいな。いつだってちゃんとしているよ」

「ならばその瞼を何とかしろ。ドライアイスでも押し付けとけ」

「せめて普通の氷にしてよ」

お茶の用意をしながら、いつしか私は笑っていた。そう、この感じだ。遥さんも感情に素直になって、気が済むまで思い切り泣けばいいのだ。子供たちと一緒に。

斉木家の葬儀はしめやかに進む。昨夜と同じく、遥さんはピンと背筋を伸ばし、唇を噛みしめてじっと祭壇を見つめていた。

里見さんが退場し、いよいよ最後のお別れの準備に入った。

漆原の案内で参列の人々は式場の後方に待機し、私たちは椅子を脇によけて棺を式場の中央に移動させる。

再び参列者が棺の周りに集まり、最初に喪主である遥さんが、両手いっぱいに持った白い菊の花をご主人の顔の横に置いた。続いて、背伸びをした晋作君と、遥さんが抱き上げた龍馬君がまねをする。その後は、次々に参列者が棺の中に花を手向けていく。

最後の一輪を入れるのは、喪主である遥さんだ。私は、用意していた見事な百合の花をそっと手渡した。彼女は頷くと、ゆっくりと手を伸ばす。

棺を取り囲んだ人々がじっと遥さんを見つめていた。心なしか、百合の茎を持つ遥さんの指先が震えている。彼女はじっと夫の顔を見つめていたが、決意したように胸の上に静かに花を置いた。晋作君は母親の体にぴったりと寄り添い、固唾を吞んで見つめている。

棺の傍らに佇んでいた漆原が目配せをする。私は立て掛けておいた棺の蓋に手をかけた。

「名残は尽きませんが……」

漆原が、ゆっくりと棺を囲む人々を見渡した。

その時だった。

「待って」

遥さんだった。棺のすぐ横にいた遥さんが、縋り付くようにその場に崩れ落ち、大きな声で叫んでいた。

「待ってください、もう少し、もう少しだけ……」

誰もがその様子にはっと息を飲む。

遥さんは、今までの彼女とはまるで別人のように、声を上げて泣き出したのだ。

泣きながら手を伸ばし、花に埋もれた雅人さんの頬にそっと触れた。いつしか自分の頬を寄せ、まるで頬ずりでもするかのような近さで、遥さんは愛しい人の存在を確かめるように、夫の名を繰り返しながら激しくむせび泣いていた。

一体、何が起きたのかと呆然としていた参列者たちも、母親につられて大声で泣き出した龍馬君の声が合図になったかのように、あちこちですすり泣きの声を上げた。

式場中が大きな悲しみに包まれていた。

私もぎゅっと唇を嚙みしめた。少しでも気が緩めば涙がこぼれ落ちそうで、目の奥に力を籠める。それでも潤んでしまう瞳を乾かそうとして視線を上げると、式場の後方に里見さんの姿が見えた。

この悲しみの中で、ただひとり穏やかな里見さんの表情を見て、式が始まる前に彼が遥さんに、何かを伝えたのだと思った。

漆原もまた、涙に暮れる人々をただ静かに見守っていた。今しばらく、遥さんの心に凪《なぎ》が訪れるまで待つつもりのようだった。

「ママ」

不意に、しっとりと重ねられるいくつものすすり泣きを、澄んだ子供の声が遮った。

遥さんが棺から顔を上げ、横に立った晋作君を見つめた。

気付けば、晋作君だけが涙をこぼしていなかった。口を一文字に結び、幼い顔に浮かべた固い表情は、この子なりのいたわりか、覚悟なのか。

晋作君は、ポケットをまさぐると何かを取り出し、母親に手渡した。

遥さんが眼の高さに掲げたものは、灰色がかった白い鳥の羽だった。

「晋作、これ、どうしたの?」

「昨日の朝、お部屋でみつけたの。これ、ウミネコの羽だよね。ママにあげる」

その言葉に、まさかと思う。それは、たまたま窓から舞い込んだ羽なのか、それとも……。

あの夕方、家族をそっと案じるように見守っていた温かな気配を思い出す。

晋作君は、きっぱりとした口調で続けた。

「僕、もう大きいから、ママも大丈夫だよ」

しゃがみ込んだままの遥さんは、呆然としたようにじっと晋作君を見つめていた。手渡された海鳥の羽を胸もとに押し当てながら。

「だから、ママ、大丈夫。パパがいなくても、さびしくないよ」

遥さんがぎゅっと晋作君を抱き締めた。それでも、晋作君は必死になって話し続ける。

「僕ね、パパが教えてくれたこと、たくさん覚えているよ。お空にいっぱい飛んでいて、ベランダに来るのはウミネコなんだ。だけど、水上バス乗り場にいたのはユリカモメで、足とくちばしがピンク色だからすぐわかるよ。ベランダのウミネコが、卵を温めるとヒナになるけど、スーパーで売っている卵はヒナにならないってことも、ちゃんと知っているよ。龍馬はまだちっちゃいけど、僕はもうお兄ちゃんだから、大丈夫だって、パパと約束したんだ」

遥さんは晋作君の首のあたりに顔を埋《うず》めたまま、何度も何度も頷いている。

「だから、ママ、もう大丈夫だよ」

洟をする遥さんの気配に、晋作君が幼い腕を母親の背に伸ばす。

「ママ、パパがいなくても大丈夫だよ」

何が大丈夫なのかは分からないが、繰り返されるその言葉はどこまでも頼もしい。幼い子供の必死さから、強い決意が伝わってくる。ここにも、きっと父と子の約束があったのだ。

「ママも、晋作と龍馬がいるから、大丈夫だよ……」

ようやく顔を上げて、晋作君を正面から見つめた遥さんは、目に涙をいっぱい溜《た》めたまま微笑んだ。その笑顔を見た晋作君が、父親の棺のほうを向いて、嬉しそうに大きな声を放った。

「パパ、ママ大丈夫だって！」

遥さんが笑っていた。涙はまだ止まっていなかったが、それでも笑っていた。

漆原がそっと耳打ちし、頷いた遥さんは、晋作君と片腕で抱いた龍馬君と三人で棺を覗き込み、「パパ、バイバイ」と笑顔で言った。龍馬君が遥さんをまねして、「バイバイ」とあどけなく繰り返す。

式場内は再び涙に包まれたが、それは悲しみの涙ではなかった。どこか温かな、胸を打つ涙だった。

「里見さん、今日はやけに早く来たと思ったら、遥さんにどんな魔法を使ったんですか」

夕方になって、後飾りの祭壇を斉木さんの家に設置した後だった。

「思い出話をしただけだよ。ウミネコが巣を作ったという話から始まって、あの家に引っ越してきたこと、晋作君が生まれたこと、龍馬君もできて、賑やかになったこと、とにかく、たくさんのご主人との思い出を、聞かせてもらったんだ」

「思い出話と、かたくなに守ってきた約束に、どういう関係が……」

言いかけて、言葉を飲み込んだ。甘く切ないような記憶には、私も覚えがある。

もういない人のことを、ましてや幸せな記憶をたどれば、ふと浮かんだその人の笑顔に涙がにじむのは自然なことだ。会えないと思うから、思い出はますます美しく、輝いていく。だからこそ悲しく、切ない。

きっと、ご主人との約束を守ろうとするあまり、遥さんは必死に夫との思い出を心から追い出していたのだろう。思い出せば、涙が心を弱くしてしまう。式の間中せめぎ合っていた遥さんの葛藤が、いよいよ棺の蓋を閉める段になってほとばしり出てしまったのだ。

生身のご主人のお顔を見るのが最後となれば、どれほど思い出を心の底に押し込んでいようと、様々な感情が溢れて当然なのだ。

「自然なことに逆らう必要はない。病気の体から自由になったご主人だって、それを望んでいるはずだよ」

里見さんはゆっくりと視線を空へと向ける。白く霞んだ空にミャオミャオとウミネコが旋回していた。パーキングのひと区画向こうはすぐ隅田川で、夕方の風は、どこか湿った水のにおいを乗せている。

「きっと今年も、斉木さんの家のベランダに巣を作ると思うな。またヒナが孵《かえ》り、巣立っていく姿を、あの家族は見守るんだ。そうやって、あの兄弟も大人になっていく。子供の頃に両親とウミネコの子育てを見守った記憶は、もしかしたら、ずっと晋作君には残っているかもしれないね」

「パパからいろんなことを教わったみたいですもんね」

何とかして伝えようと必死だった告別式での晋作君を思い出し、私は微笑ましい気持ちになる。父親とのかけがえのない時間が、あの時の言葉に詰まっている気がした。

「そうだね。パパの記憶は、晋作君の心の中ではずっと生き続けると思うよ」

「誰しも関わった人の心に、何かしら生きた証を残して、消えていくものだな」

祭壇用の備品や、お供え物の入っていた段ボールを荷室に積み終えた漆原が言った。

「ところで……」

漆原が運転席のドアを開けながら、里見さんをチラリと見た。

「送っていくのは構わないが、こんなにのんびりしていてよかったのか？」

今日の里見さんは、地下鉄で坂東会館を訪れていた。漆原の言葉には、暗にいつも時間を持て余している里見さんへの皮肉が込められている。

「おまけに、斉木さんの子供たちにも随分と気に入られていたな。一緒に来て、祭壇の前で経のひとつでも上げればよかったじゃないか」

私たちがご自宅に行っている間、遠慮をしたのか駐車場で待っていたのだ。

里見さんは苦笑する。

「さすがにそこまでしたら、光照寺の勧誘をしているみたいだからね」

「斉木さんは、おそらくお前のところに世話になると思うぞ。そのうち、四十九日の法要の相談や、墓地の問い合わせがいくかもしれないな」

そうなればいいと思う。あの家族にとって、里見さんのお寺は何よりも心のよりどころになってくれる気がする。

その時、いきなり里見さんが「はい」と何かを手渡してきた。思わず受け取り、手のひらにのせられたものを見てあっと声を上げた。この近くの和菓子店の銘菓、〝吉良《きら》まんじゅう〟がひとつ、ちょこんとのっていた。

私の驚いた顔を見た里見さんが、にっこりと微笑む。

「母上の大好物なんだ。せっかく近くに来たからね。漆原もどうぞ」

里見さんは再びごそごそと袂《たもと》を探ると、漆原にも差し出す。呆れながらも受け取った漆原は、何度目かのため息をついた。

「待っている間に、買ってきたのか……」

墨田区銘菓のひとつにも数えられるこのおまんじゅうは、本所松坂町《まつざかちょう》公園、つまりは忠臣蔵で有名な吉良邸跡にほど近い和菓子屋さんのものだった。私にとっても、祖母が時々買ってきてくれた懐かしいお菓子である。きなこの優しい甘さが口中に溢れる気がして、私は手のひらの小さなお菓子を大切に包み込んだ。

「ありがたくいただきます、里見さん」

「どういたしまして」

温かな笑顔に、勇気をもらった気がする。

実は今夜、夏海と会う約束をしていた。それが少し憂鬱でもあったのだ。坂口さんと偶然知り合ったことを伝えると、電話口の夏海は沈黙し、ならば話は早いと言った。


仕事を終えた私は、まっすぐスカイツリーを目指していた。

地上に近い空はまだわずかに朱色を滲ませていたが、上空に向かうにつれ、澄んだ群青色が濃さを増していく。それを背景にして、ライトアップされたスカイツリーが聳えていた。

バスのロータリーで夏海と落ち合うと、ビルには入らずに、そのまま北十間川《きたじっけん》に沿って歩き出した。眩い照明や賑わい、楽しげな人々に混じり合って、流行《はや》りの店で洒落《しゃれ》た料理を楽しむ気分ではないのは、どちらも同じだったようだ。

「忙しいのに、時間を作ってくれてありがとね」

しばらく川に沿って歩いていた夏海が、不意に歩みを止め、橋の欄干《らんかん》に身を預けた。対岸のスカイツリーは、ここからは首が痛くなるくらい真上を見上げないと、てっぺんまで視界に入ってこない。

「葬儀屋さんって、お通夜があるし、遅くまで忙しいんでしょう？」

「まだ見習いだし、さすがにお通夜も毎日あるわけではないよ」

「そうなの？」

そのまま、私たちは欄干に肘をのせて、並んでスカイツリーを見上げた。

「おっきいよねぇ」

「子供の頃はなかったのにねぇ」

初夏の夜風は温かくも冷たくもなく、前髪を揺らして額を撫でていく感触が心地よかった。地上の光を映して、きらめく川面《かわも》を通り過ぎていく風は、なんとなく清浄な気がする。

そのまま、しばらくお互いの仕事の話などをしていると、友人の大人びた部分と、当時のままの部分に、親交の途絶えた年月を実感して妙な感覚になる。

高校時代は、同じ部活に所属し、それなりに仲の良かった私たちも、夏海が関東郊外の大学に進学したことですっかり疎遠になっていた。

それ以前に、高校生活最後の年にお兄さんの事故が起こり、彼女は部活に顔を出すこともほとんどなくなってしまった。

何とかして励まそうにも、夏海はまるで人が変わったかのように、誰とも接しようとしなかった。話しかけても素っ気なくかわされ、気分転換をと誘ってもあっさりと断られる。それまで親しかっただけに、よそよそしく冷たい態度が悲しくて、いつしか私も彼女を避けるようになってしまった。

今ならば、当時の夏海の気持ちがよく分かる。事故をきっかけに、彼女の心は私たちの何倍もの速さで大人になってしまったのだ。高校生が体験したこともないような、悲しみや苦しみ、理不尽な運命に対する怒りや虚しさ、それらを知ってしまった彼女は、もう私たちのようにくだらないことで笑い合ってなどいられなかった。

　卒業式で一緒に写真を撮ろうと誘ったのは、あれ以来孤立してしまった夏海が寂しがっているのではないかと思えたからだ。同じ部活で三年間過ごした彼女と、すれ違ったまま別れてしまうのはあまりにも悲しかった。しかし、それも結局は私の自己満足に過ぎなかった気がして、後味の悪い思い出となっていた。

　だからだろうか。数か月前、たまたま立ち寄ったスカイツリーの商業ビルで、夏海から声を掛けられた時は、今でも私のことを友人と思ってくれていることが嬉しかったのだ。

「美空が有紀さんを知っていたなんて、驚いたなぁ」

　夏海は坂口さんをごく自然に〝有紀さん〟と呼んだ。

　夏海の兄、海路さんと坂口さんは、大学卒業後に結婚するはずだった。ならば、夏海の家族と親しくてもなんの不思議もない。皮肉なことに夏海と坂口さんは、海路さんが行方不明となってから、以前にも増して親しくなったという。

「知っていると言っても、つい最近だよ。坂口さんは看護師さんでしょう?」

「うん。兄貴と同じ医療系の大学に通っていたもの」

「彼女が働いている病院、私の職場のお得意様なの」

　遺体をお迎えに行くことから、私たちの仕事が始まる。

「私の職場では、坂口さんを知らない人はいないみたい。きれいな人だし、印象にも残るんだろうね。私も上司の縁で知り合ったんだけど、その後で、スカイツリーの天望デッキで偶然会ったの」

「スカイツリーで？」

夏海が目を見張る。「まだ、通っているんだね」

「どういうこと？」

「兄貴の捜索が打ち切られてからも、しばらくは休みの度に、一緒に一宮まで行っていたの。今日こそ流れつくかもしれないって。変だよね。その時点で、もう生きているはずはないって分かっていたのに、時間が経つにつれて〝もしかしたら〟って思うようになっちゃったんだもの……」

途中ではっとしたような顔をした夏海は、苦笑して続けた。

「あの日、海に行くのが中止になっていれば、ふたりはスカイツリーに行く予定だった。でも、台風の進行が思ったよりも遅かった。ふたりは海に行ってしまった……」

夏海の口調に、苦々しさが入り混じる。

私たちは、無言でもう一度光の塔を見上げた。

「建設中から、ずっと上るのを楽しみにしていたみたい。だけど、開業直後の大混雑を覚えている？　だからね、まだいいやって先延ばしにしていたの。だって、この先いつでも行けると思うじゃない？　近くに住んでいるんだしね」

いつだってできる。今じゃなくてもいい。まだまだ時間はいくらでもある。そう思いながら、突然未来を失ってしまうことだってある。

「大切な場所だったんだね。坂口さん、ずっと房総のほうを見ていたよ。海というより、空のあたり。坂口さんも、お兄さんはもう亡くなったって思っているのかな」

「そりゃそうだよ。今年で六年目だもん。失踪とは違う。海に入って、戻ってこないんだから……」

ふとした時に、空を眺める気持ちもよく分かる。思い出の場所で、不意に懐かしさに捕らわれることも。スカイツリーが私にとって、姉を思い起こさせるのと同じことだ。

「有紀さんにも、いろんな口惜《くや》しさがあるんだと思う。もっと早くに一緒に来ておけばよかったとか、そもそも、どうして台風が来ると分かっていながら、海に行ってしまったんだろう、どうして兄貴を止めなかったんだろうとかね。それを語りかける場所が、あの場所なんだと思う。今も、有紀さんは兄貴の面影を探しながら、あそこに行っているんじゃないかな……」

「坂口さん、病院では終末期の患者さんの病棟にいるんだよ」

夏海はひとつ息をつくと、視線を夜空へと向けた。

「憧れの看護師になって、毎日頑張っているとは聞いていたよ。終末期の病棟かぁ。似合っているかも。優しいからなぁ、あの人」

夏海は私へ顔を向けると、自嘲するように口元を歪めた。

「私なんて、悲しいことから目を逸らしたくて、たいして興味もないのに華やかなアパレル業界に来ちゃったけどね……」

「夏海も、お兄さんがもう亡くなっているって、本当に思っているの？」

「それが自然でしょ？　私の両親だけだよ、信じているのは」

「仕方ないと思う。私も職場で子供を亡くした親御さんの姿を何度も見ているけど、切ないものだよ。たとえ子供が幼くても、もう大人でも、親にとっては先立たれるのが何よりつらいんだよね。ご遺体が見つかっていないんだから、それこそどこかで生きているって信じたくもなるよ」

　私の言葉に、夏海は大きく頷いて、盛大なため息をついた。

「そうなの。両親のことを思えば、このまま兄貴の生死を曖昧にしておいてもいいのかなって思う。でもね、有紀さんには、兄貴のことを振り切って、新しい人生を歩き出してほしいの。もう十分苦しんだんだもの。いつまでも兄貴や私たち家族に気を遣って、喪に服したような人生を送ってほしくないの」

　夏海の言葉に、死を迎える人々にひっそりと寄り添う彼女の姿が浮かんだ。

　もちろん、それは素晴らしいことだ。しかし、彼女はそこに居心地の良さを感じてしまっている。

「兄貴が初めて有紀さんを家に連れてきた時ね、大学でも五本の指に入る美人で、優しくて最高の彼女だって、誇らしげに紹介したんだよね。あんな嬉しそうな兄貴、見たことなかったよ。もったいないよね。だから、今の職場で、優しいお医者さんとでも結婚して、幸せになってくれたらいいんだけどなぁ」

夏海は苦笑した後、再び表情を引き締めて川面へ目を落とした。

「いくら約束をしたといっても、実際に結婚したわけではないもの。これは、私たち家族の問題なの。有紀さんを解放してあげるには、私たちが〝兄貴はもういないんだから自由になっていいよ〟って言ってあげないといけないと思うんだ」

夏海の言い分はもっともで、心から坂口さんの未来を案じる気持ちがよく分かった。それでも、〝家族の問題〟として坂口さんを締め出すのは、余計に彼女を傷付ける気がしてしまう。

「結婚はまだだったけど、事故の後で夏海の家族と一緒になってお兄さんを探した坂口さんは、他人とは言えないんじゃないかな……」

夏海は困ったように頷いた。彼女もきっと分かっているのだ。ただ、私が思う以上に夏海の両親の態度が頑ななのかもしれない。

「有紀さん、優しいから私の両親にも遠慮しているんだよね。事故がなければ、とっくに結婚して、幸せになっているはずだったのになぁ。つらい思いばかりさせちゃった」

私は、大垣さんの葬儀の時の手紙を思い出していた。坂口さんは優しいだけではない。それは、あの手紙を漆原に渡してくれたことでもはっきりと分かる。ただ、彼女の控えめな態度は、いつだってその中途半端な立ち位置から現れたものなのだ。

あの時、坂口さんには大垣さんの状況がよく分かっていた。けれど、家族の問題に口を出してはいけないということも、また分かっていた。だからありのままを手紙に書いた。きっと彼女は、日々病院でも、多くのやりきれなさを感じているのだろう。

患者を取り巻く家族の様々な状況、おかしいと思っても口出しをする立場にない歯がゆさ。それは、恋人の家族に対しても、きっと同じなのだ。

「一度、坂口さんも交えてちゃんと話し合うべきじゃないかな。ご両親にとっては、今さら彼女と事故の話をするのはつらいと思うけど、本当に坂口さんのことを思うなら、必要だと思うんだ」

　私は夏海の目をまっすぐに見つめて強く言った。夏海も私の顔を凝視している。

「この前、遺体がなくても葬儀はできるのって訊いたよね。夏海なりに、区切りをつけたいって思ったんでしょう？　話し合うだけでもいいと思うの。私の上司はいつも言っているよ。葬儀は区切りだって。亡くなった人を見送り、残された人がまた前へ進んでいくための区切りの儀式だって」

　何よりも大事なのは、坂口さんの未来を心から案ずる夏海の気持ちだ。立ち止まったままの両親の心を動かすことができるのは、夏海しかいない。

「……そうだね、いつかは両親と、兄貴のことを曖昧なままにしておいていいのかって、きちんと話さなくてはいけないと思ってはいたんだ。そこには、有紀さんも一緒にいなくちゃだめだよね」

　夏海は、どこか吹っ切れたような表情を浮かべた。

「まずは私が、親に話してみる」

　そっと蓋をしていた痛みを取り出すことは大変なことだ。でも、ここで前へ進めようと動き出した彼女には、きっと乗り越える力がある。

私は心地よい夜風を胸いっぱい吸い込むと、ゆっくりと吐き出した。

横を見れば夏海は、まっすぐに首を伸ばしてスカイツリーのてっぺんをじっと見上げていた。

第四話　それぞれの灯火

広げられたメニューの片仮名の羅列に、世界地図を眺めているような気がした。

これは国名か、地名か?

上から下まで目を走らせ、今回も私はあきらめた。

「……ブレンドをお願いします」

正面に座った漆原は、チラリと私を見た。自分のほうに向けたメニューを長い指でたどる。

中深煎りのところで指を止めると、コロンビアを注文した。

浅草の外れにある自家焙煎珈琲《ばいせんコーヒー》の喫茶店は、漆原のお気に入りである。

厄介な仕事が終わった後や、打ち合わせで隅田川を越えた折に何度か連れてきてもらったことがあった。

普段は坂東会館の事務所で落としたコーヒーや、ファミレスのコーヒーを愛飲している漆原だから、どこまでコーヒーの味にこだわりがあるのかは分からないが、ここを訪れる時はゆっくりとメニューを吟味し、香り高い一杯を優雅に味わうのだ。

仕事以外に興味のなさそうな漆原のささやかな楽しみなのだろうが、そんな喫茶店で私が迷った末に注文するのはいつだってブレンドだった。そのたびに漆原は、面白みのない奴だという視線を投げかけてくる。次からはメニューの上から順に注文しようと、密かに私は決意した。

あと数日で梅雨入りとなりそうな、低い雲に覆われた空がやけに近く感じる昼下がりだった。しっとりと湿度が高く生暖かい空気は、黒いスーツ姿で五分も歩けば汗ばんでしまう。今年も嫌な季節がきた。

控えめに流れる音楽のほかは、近くのテーブルの老紳士が新聞をめくる乾いた音と、カップがソーサーに触れる音が時折聞こえるだけである。かといって静か過ぎるわけでもなく、店内に満ちるコーヒーの香りと、めいめいにそれを楽しむ人々の気配がほどよい居心地の良さを感じさせてくれる。

運ばれてきたコーヒーを、ひと口ゆっくりと味わった漆原が口を開いた。

「一年間、俺と一緒に仕事をしてきて、どうだ」

まっすぐに見つめてくる視線に、無意識に姿勢を正した。

何かのついでもないのに、突然連れてきてくれた漆原お気に入りの喫茶店、そして、少し改まった口調。おまけに、急にどうだと訊かれても、抽象的過ぎて困ってしまう。

もしかして、以前私が目を回したことで保留になっていた、司会をやらせるという話を再び切り出すのではないか。私は漆原の出方を窺うように、じっと黙り込んだ。

すぐに漆原が口を開いたのは、そんな私を待っていられなかったのだろう。

「率直な感想を言う。君はよく付いてきていると思う。実際のところ、俺が担当する葬儀は、まだ大学を卒業したてで女性の君には、精神的に負担になるものも多かったはずだ。けれど、ここまでくることができたのは、昨年、君の家族の前で言ったとおり、相手の気持ちを思いやり、受け入れられる優しさがあるからだと思う」

私は恐る恐る漆原の顔に目をやった。

「体質的な問題もあるが、君には遺族や故人の心情に入り込みすぎるという大きな難点がある。以前、司会をやらせようとして断念したのはまさにその点が原因だった。だが、俺と仕事を続ける限り、いつまでも様子を見ているわけにもいかない。分かるな?」

葬儀とは別れの儀式である。悲しみがないものなどない。ましてや、漆原が担当する式は不慮の死など、苦しみが伴うものが多いのだ。

「そこで、方針を変えることにした。実際にやりながら、感情面でも慣れていくしかない」

「慣れるんですか」

「勘違いするな。ご遺族の気持ちに寄り添うのは、もっとも大切なことだ。そこが君の唯一の長所でもある。つまり、自分の感情をコントロールすることに慣れるんだ。この一年で、打ち合わせや式の流れも大体はつかめているはずだ。これからは、実技的な部分に力を入れるべきだと思う。ちなみに、いずれ葬祭ディレクターの資格を取ろうとすれば、実技試験も当然ながらあるからな」

何やらひっかかることを言われた気もするが、試験という言葉のほうが私にとってはよほど現実的な問題だった。必ずしも必要な資格ではないが、漆原のような仕事を目指す以上、持っていたいと思う。しり込みしてしまうのは、就職活動の面接で落ち続けたことが、今でもトラウマとなっているからだ。

「そういうわけだ。司会をやってみろ」

「……まだ無理です」

ささやかながらも抵抗を試みる。

「すぐにとは言わない。しばらくは、自分がやるつもりで、俺の司会をよく見ろ。その上で、練習をつけてやる」

「嫌です」

「仕事に嫌も何もあるか」

私はぐっと唇を噛みしめて漆原を睨みつけた。確固たる自分の意思を曲げようとしない漆原の前では、私などまるで駄々をこねる子供のようなものなのだろう。私の視線を平然と受け止めていた漆原は、ついと目を逸らすと、コーヒーカップを口に運んだ。

「ここで一歩を踏み出さなくては、いつまで経っても成長しない。もっと人の前に出ることにも慣れろ。他社では司会だけを担当するスタッフがいるところもあるぞ。そう身構えることでもない」

「私にとっては司会なんて大ごとです。それに私、漆原さんの司会が好きなんです。漆原さんの声や、話し方が葬儀の雰囲気にぴったりで、むしろ、漆原さんの司会だからこそ、式の厳粛な雰囲気が醸し出されているというか……」

それでいて、ご遺族の心にもしっとりと寄り添うような落ち着いた口調は、この男ならではのものだ。その思いを口にしたが、あっさりと漆原は切り捨てた。

「そう思うなら、君がそういう司会をすればいい。女性のほうが、柔らかくていいと俺は思うぞ」

漆原はカップをソーサーに戻すと、私を見つめた。

「これまでもご遺族と接してきて気付いたと思うが、君はまだ若い。加えて女性でもあるから、見くびられてしまう場合もあるだろう。とにかく君に必要なのは、経験を重ねることだ。多くの式を行い、困難な例に対処し、ご遺族と一緒になって考えて、こちらから提案する。いずれ、そういう経験が自信となって、厄介な案件でもこなせるようになる」

漆原のまっすぐな眼差しは、いつだってゆるぎない信頼感を与えてくれる。その曇りのない瞳を信じて、これまでも付いてくることができたのだ。

「それに今の君では、単独で宿直をしたり、ご遺体を迎えに行ったりすることは到底不可能だろう？　だから、もうしばらくは俺に付いてこい。まずは司会からだ。しっかり鍛えてやる」

私を最後まで育ててくれようという、上司としての温かさを感じる。突き付けるような不器用なやりかたが漆原らしいと思いつつも、じわじわと胸が熱くなった。

「……はい、よろしくお願いします」

小さく頷いた漆原は、私のカップが空になっているのを確認すると、さっと伝票を取って立ち上がった。

「話は終わりだ。仕事に戻るぞ」


胃が痛い、とはこのことである。やるとは言ったものの、恐れてきたことがとうとう現実になってしまったのだ。

猶予期間はおよそひと月。その間は、今まで以上に意識して漆原の司会を見るように言われた。同時に、実戦練習もさせられることとなった。漆原の厳しいお眼鏡にかなえば、小規模な式が入ったタイミングで司会者デビューを果たすこととなる。

「初舞台は誰にも見られたくないので、坂東会館ではなくて、外現場がいいです。小さなお寺とか、ご自宅とか。とにかく、陽子さんや椎名さんが面白がって、見にくるに決まっていますから」

祭壇の設営を終えた光照寺の式場でぼやくと、横にいる里見さんが笑った。漆原は葬家の自宅へご遺体のお迎えに行っており、私たちふたりだけだった。

「僕らは人よりも〝気〟に敏感な体質だし、仕方のない部分もあるけど、徐々に慣らそうとする漆原の作戦も分かる気がするな。何ごとも〝初めて〟を繰り返して、成長していくものだよ。僕だって最初は緊張したし、失敗もした」

「どんな？」

里見さんの顔を窺ったが、私の質問は、いつもの穏やかな笑みでさりげなく受け流されてしまった。以前漆原が言っていた、〝読経の最中に泣いてしまった〟というのが初舞台での出来事であれば、さぞ苦い思い出だろう。もっとも、この僧侶がそんなことにこだわればの話だが。

追及を諦めた私は、手に持っていたおにぎりにかじりついた。今回も里見さんのお言葉に甘えて、彼の母親が用意してくれた昼食をいただいているところだった。光照寺での施行の時は、いつの間にかこれが定番になっている。

今日のメニューは、新作だという豆ごはんのおにぎりだ。いつものごとく、にぎりたてで温かなおにぎりは、一見するとグリーンピースを炊き込んだ普通の豆ごはんだが、食べてみれば、細かく刻んで混ぜ込まれたベーコンがいい味を出している。ふんわりとしたバターの風味と、それを引き締めるような粗挽《あらび》きの黒胡椒《くろこしょう》が、よい意味で予想を裏切る美味しさである。

「里見さんのお母様って、お料理上手ですね。こんなごはん、我が家の母親は炊いたこともありません」

「美空ちゃんが喜んでくれるのが嬉しいみたいだよ。ほら、漆原の分を用意しても、あいつは感想なんて言わないし、僕の家は男ばっかりだから、母上も物足りないみたい」

明るくて優しそうな彼女の風貌を思い浮かべる。会うたびに感想を求めてくる彼女は、年齢を全く感じさせず、私から見ても可愛らしいとさえ思える。

「それにしても、漆原さんは何でも一方的ですよね。仕事ですし、間違ったことを言っているわけでないのは分かっていますが、もう少し私の言い分を聞いて、口調をソフトにしてくれると嬉しいんですけど」

里見さんと一緒にいると、ついつい穏やかな雰囲気に気持ちが緩んで、抑え込んでいる本音を漏らしてしまう。後になって、彼は漆原とは友人で、しかも坂東会館とも縁の深いお寺の住職の息子さんだということを思い出し、しまったと思うのだ。

「でも、結局美空ちゃんは漆原の言う通りにするんでしょう？」

「それはそうですけど……」

「どうして？」

「漆原さんみたいな葬儀ができるようになりたいからです。仕事を完璧に終わらせる、なんて本人は言っていますけど、それだけじゃないんですよね。故人と、ご遺族の思いに応えようとする強い信念があるから、完璧な葬儀になるんです。終わりの儀式ではなく、前へ進むための儀式として」

「ちゃんと分かっているじゃない」

「本人の前では、こんなこと言いませんよ？　里見さんだから言えるんです」

里見さんはおかしそうに笑った。

「ふたりとも、素直じゃないなぁ。意地っ張りで、負けず嫌いなところも似ているよ」

「似ていませんよ。上司として尊敬はしますし、実際は優しいことも認めます。だけど、あの性格。あれだけは、なんとかならないんでしょうか。全く、どんな育ちをしたのか、親の顔が見てみたいです」

「親？」

「そうです。だって、里見さんは、穏やかなご住職と、明るくて優しいお母様の影響をいかにも受け継いでいらっしゃいますから。あのご両親に育まれてこそ、今の里見さんがある気がします」

これにはさすがに里見さんも苦笑する。空になった湯呑みに、魔法瓶のお茶を注いでくれながら、里見さんが穏やかな眼差しを向けた。

「残念ながら、漆原の親御さんには、僕も会ったことがないな」

「そうですよね、いくらお友達でも、そこまでは……」

「そうではなくて、ご両親とも、もう亡くなっているからね」

私は口元に寄せた湯呑みをぴたりと止めた。

想像もしなかったことだが、不思議なことに、あり得ないとも思わなかった。日々、人の死を目の当たりにしているせいだろうか。年老いた人ばかりが亡くなるわけではない。生死に順番など存在しない。両親ともに健在な、里見さんや私は幸せなのだ。

「そうでしたか……」

私はお茶を飲むのをやめ、小さくため息をついた。

「里見さんに教えてもらえてよかったです。知らなかったら、ふとした時に家族の話など出して、嫌な思いをさせちゃったかもしれません」

「それくらいで気分を害するとは思えないけどね。でも、だからこそあいつが、家族同士が深く思い合う気持ちを大切にするのも、分かる気がするんだよね」

漆原は、人を寄せ付けない雰囲気を散々まき散らしているわりに、里見さんとも、そのご家族ともすんなりと馴染《なじ》んでいる。どこかに、僅かでも家族というものに対する憧憬の念があるのかもしれない。

「やっぱり、不器用なだけなんですかね、あの性格も」

私が口にすると、里見さんは吹き出した。

「年下の女の子に見抜かれちゃうようじゃ、漆原もまだまだだよねぇ」


小ぬか雨が音もなく降り続けている。光照寺の式場では、ひっそりと通夜が始まっていた。

いよいよ司会を任されるとなると、これまでのようにうっとりと里見さんの読経に聞き入ったり、漆原の声や動作に見とれたりしているわけにもいかなかった。私は司会台からやや距離をおいた位置に控え、じっと漆原を観察している。

通夜の前に式場にご遺族を誘導するアナウンス、開式の宣言や僧侶の入場のタイミング、喪主やご遺族の指名焼香から、一般会葬者の焼香への間の取り方や流れ。

漆原の声を聴き、それに導かれる人の動きを確かめ、その都度、漆原の視線をたどる。祭壇から僧侶へ、次に式場をゆっくりと見渡し、そっと司会台の進行表に向かい、時に時間を確認する。

これが坂東会館で行う大きめの式であるならば、遅れてきた会葬者がいないかとロビーにも注意を向け、お清め会場のスタッフの準備状況を確認するなど、さらに気を配らなければならない。漆原の動きはどれもさり気なく、わずかな動きの中にも厳かな雰囲気を決して邪魔しない〝静〟の動作が徹底されている。細かな視線の動きに気付かなければ、ただひっそりと佇んでいるだけのようだ。

あくまでも主役は故人と、それを送る人々。式を執り行う者は主役になってはならないのだ。うっかりすると、ついぼんやり見とれてしまい、慌てて気を引き締める。司会の言葉はほぼ形式どおり覚えればよさそうだが、タイミングや、立ち居振る舞いに関しては、漆原に習うよりほかはない。

通夜が終わり、ご親族や会葬者が通夜振る舞いの会場である母屋へと移動する頃には、私は完全に疲れ切っていた。視覚と聴覚に今までにないほどの集中力を注ぎ込んだためである。思わずため息を漏らしてしゃがみ込むと、まだ司会台のところにいた漆原が白い目を向けた。坂東会館のように式場とお清め会場が隣接していれば、さすがにこんなことはできない。

「これまで、いかに俺任せで気楽に立ち会っていたかが分かるな」

「そんなことありませんよ。漆原さんを見たり、会葬者の席を見たりしているうちに目が回ったんです」

と、勢いよく立ち上がった瞬間、くらりと立ちくらみがして、本当に目が回ってしまった。もう一度へなへなとしゃがみ込み、情けないため息をついた。

「それは冗談で、いざ自分がやるのかと思うと、怖くて足が震えそうです。漆原さんの声のトーンや、タイミングがいかに絶妙かと、集中して聞けば聞くほど私には無理に思えてプレッシャーがかかります」

漆原は進行表をそろえながら、座り込んだままの私を見下ろす。

「これも慣れだ」

「でも、慣れるまでは、私が司会をした式の故人様にも、ご遺族にも申し訳ないじゃないですか。漆原さんがやれば、ずっと素晴らしい式になるのに」

「そんな状態なら司会台に立たせないさ。だが、君が言ったことは大切なことだ。俺たちは、その人にとって一度きりの大切な儀式を担っている。失敗は許されない。いつだって真剣に向き合って、悔いの残らないベストな式を作り上げなければならない。〝慣れろ〟とは、流れのことだ。決して、仕事自体に慣れてはならない」

「はい。よく分かります」

「焼香のタイミングも自然につかめるようになる。要は喪主様をよく見ることだ。それから、親族や会葬者。悲しみのあまり涙を流しているのか、落ち着いているのか、緊張しているのか。それを思いやりながら、いいところで呼びかければいい。それだけだ」

なるほど、と漆原の顔を見上げた。

焦るあまりに、基本的なことを心のどこかに置き忘れていた。私たちはいつだって相手の気持ちに寄り添って、親身に対応すればいいのだ。今までは漆原ばかり目で追っていたが、次は式場のほうに目を向けてみようと思った。

「漆原さん」

光照寺での通夜を終え、坂東会館へと向かう車の中だった。

「今回のお通夜、素敵でしたね」

私が感嘆の声を漏らしたのは、漆原の司会についてではない。もちろんそれもあるが、七十年近くも連れ添ったご主人を亡くした、今夜の喪主さんの様子に心を打たれたのだ。

式の後、しばらくして母屋のお清め会場から戻ってきた彼女は、お酒と、お料理ののったお皿を持っていた。そのまま棺の横に座ると、湯呑みになみなみとお酒を注ぐ。「ほら、おじいさんの好きなお料理、もらってきましたよ」

彼女のために焼香台の上を片付けた私は、おやと思った。お皿の上には、通夜振る舞いの煮物から飛竜頭《ひりょうず》や椎茸《しいたけ》、茄子《なす》と南瓜《かぼちゃ》の天ぷら、海老《えび》のお寿司《すし》などがのっている。故人の好物だけを見繕ってきたのだろう。その光景は、あたかもご夫婦の日常の延長のようだった。御年八十八歳の彼女は、「またすぐにそっちで一緒になりますから、ちょっとだけ待っていてくださいね」と棺に語りかけていたのだ。

彼らにとっては、死とは決別ではないのだと気付かされた。

「長く一緒に過ごした時間が、そう思わせてくれるのでしょうか。身近な方にとっても、大切な人の死は受け止め方が様々だと、驚かされました」

「死が絶対的な別れであることに変わりはない。それを受け入れて前を向ける人と、嘆き続ける人とは、一体何が違うのかと、俺も考えたことがある」

「分かりましたか?」

「分からないな」あっさりと漆原は応えた。「ただ、受け入れることができる人は、別れた人を心の中で生かし続けているのだと思う。先ほどの喪主のように、当然のように〝その先の世界〟があると信じられる人もいる。結局はその人の心の問題だ」

「心の問題ですか……」

「ひとつ言えるとすれば、悔いを残さない生き方をすることだ。簡単なことだぞ。相手を怒らせたらすぐに謝る。隠し事をしない。やり残すことがないように、今できることは今のうちにやっておく」

漆原の言葉はいつもきっぱりと自信に満ちていて、冗談なのか本気なのか分からない。

「漆原さんならできるかもしれませんが、そんなの、簡単なことじゃありませんよ」

「大方、間違ってはいないと思うぞ。伝えられなかったことがあるから、未練が残る。違うか?」

「……よく分かりません。それに、後悔がないことと、悲しみは別のように思います」

「生死のことや、人間の感情の仕組みが簡単に分かったら、宗教も哲学も必要ない。別れの悲しみがあるから、いっそう大切な人を愛しく思える」

たかだか二十年余りの私の人生において、その後の人生を揺るがすほどの深刻な別れなど経験したことはない。昨年祖母を亡くしているが、大きな悲しみはあっても、どこかでは仕方ないと納得できるのは、それが自然にもたらされた順番だと思えるからだ。

けれど、仕事で接してきたいくつもの別れは、共に歩むはずの伴侶だったり、本来ならば自分よりも長く生きるはずの子供だったりと、思い描いた彼らの未来を狂わすものも多かった。その理不尽さが、悲しみをより深くしている気がする。

「漆原さん、私、さっきのお通夜を見て、考えてしまったんです。長く連れ添った奥様は、当然のように自分も亡くなれば先に逝ったご主人と会えると信じていました。だったら、坂口さんのようにその時間がなかった人は、どうやって救われたらいいのでしょうか」

目の前で信号が黄色から赤に変わった。濡れた交差点に映った信号の色が、行き交う車の上げる飛沫《しぶき》に揺らめいていた。翻弄される儚い灯りがなんとなく切ない。

「坂口さんは、君の友人の両親とは会ったのか？」

「ええ。来週、夏海から話を聞くことになっています。坂口さんの望んだ結果になっていればいいのですが。そうでないと、いつまで経っても前へ進めません」

「お互いにその男の死を認めるということだろう？　自分が納得をしているのなら、男の親など気にせず、さっさと歩き出せばいいのにな」

ご遺族の心情に関しては事細かに心を砕く漆原だが、自分の近くの人間には、想像力を働かせることを放棄したかのように、全く繊細な感情を読み取ろうとしない。

「坂口さんの優しさです。恋人の両親というだけでなく、事故の後は一緒に海路さんを案じ、現地まで通ったんですよ。そんな方たちを置き去りにして、自分だけ前へ進むなんて、坂口さんにできると思いますか」

「面倒なことだ」

「生きているって、そういうことです。自分ひとりで生きているわけではありません。だからこそ、大切な人と出会い、別れ、喜んだり悲しんだりするんですけどね……」

再び堂々巡りになりそうな思考に私が黙り込むと、漆原が、ぽつりと言った。

「今夜は、一杯だけ飲むか」

「えっ」

一年あまり一緒に仕事をしてきて、こんな提案など五本の指で足りるほどだった。それも、厄介な葬儀を終えた後や、友引前の夜などで、通夜の後ということはない。いかにも自己管理を徹底している漆原らしいと思っていた。

「でも、車は？　それよりも漆原さん、こんな遅い時間にいいんですか？」

気になったのは、漆原の住まいがどうやら南千住《みなみせんじゅ》のあたりだからだ。車ならば隅田川を遡って渡ればすむ話だが、電車となるといささか面倒である。

「たまにはな。それに今夜の宿直は椎名だ。俺は坂東会館で寝ればいい。ただし、ビール一杯だけだ。そこのコンビニで買ってこい」

「宿直の椎名さんの横で飲むんですか？」

いつ何時、ご遺体のお迎えに呼ばれるか分からない。当然、椎名さんは飲むわけにはいかない。そこで飲むビールはどれだけ苦いだろうか。おまけに、この男は宿直室の布団を奪うつもりらしい。

「椎名には、から揚げ弁当とプリンでも買ってやればいい」

そのままコンビニの前に車を停める。五千円札を握らされた私は、しぶしぶ車を降りた。細やかな雨が肌に当たる感触がくすぐったくて、私は明るい店内に駆け込んだ。

つくづく身勝手な男だと思う。けれど、椎名さんの好物を把握しているのが憎めない気がして、私は何やら楽しい気分になっていた。


坂東会館のロビーは、非常灯だけを残して灯りが落とされていた。今夜は三階の式場に通夜が入っていたはずだが、ホールスタッフも帰宅した様子を見れば、こちらも悪天候のためにご遺族が早めに引き上げ、宿泊者もないようだ。椎名さんはすっかりくつろいで、青いジャージ姿になっていた。

「漆原さんからの差し入れです」

共用のテーブルに置いたコンビニの袋からお弁当を取り出し、次に缶を手にした私は、わざとらしくあっと声を上げた。驚いたように、ふたりがそろって私を見る。

「ごめんなさい。間違えて、ノンアルコールのビールを買ってしまいましたっ」

ぺこりと頭を下げながら、私が袋から取り出した缶は三本。

「もしかして、また僕の横で飲むつもりだったんですか」

椎名さんがお弁当を抱えたまま、横目で漆原を睨む。

「そのつもりだったが、阻止された」

全く悪びれたふうもなく応えた漆原に私は苦笑する。

「お詫びということで、今回は私からの差し入れです」

漆原に向かって、ポケットに入れていた五千円札を冷えた缶と一緒に差し出した。

「どこまでも君らしいな。おつりだけでいい」

つまらなそうに言った漆原に首を振る。

私はとっくに気付いていた。漆原は自分が飲みたかったわけではない。私を元気づけようとしただけだ。それならば椎名さんに気を遣いながら飲むよりも、三人で仕事の後のささやかな解放感を味わうだけで十分なのだ。

「めったにない漆原さんからのお誘いなので残念でしたが。その代わり、坂口さんの件が片付いたら、今度こそお願いします」

「どうして俺が、君の悩みの解決をねぎらわなくてはならないんだ？　祝い酒は、立派に司会を成し遂げた時だ」

美味しそうにから揚げを頬張った椎名さんが割り込んできた。

「とうとう清水さんも、司会デビューするんだってね。僕でよければ練習に付き合うよ。友引前の夜なら、式場も使えるしね」

すっかり忘れていたが、浅草の喫茶店で漆原に司会をやれと言われた直後、陽子さんに相談したのだった。彼女に話せば、よほど口止めしない限り、翌日にはホールスタッフはおろか、生花部や料理部のスタッフにまで伝わってしまうということも忘れていた。でも、今は椎名さんの言葉が何よりも嬉しい。

「椎名さん、いいんですか」

「もちろん。遺族役がいたほうが、ぐっと雰囲気が出るからね。何なら、赤坂さんとか、他のホールスタッフも誘っとくけど？」

なんともありがたい言葉だが、大ごとになってはかえって恥ずかしい。曖昧にお礼を言う私に、椎名さんは続けた。

「僕も最初は、いきなり司会をやらせるのかって思ったものだけど、そうやって人前に立つことに慣れると、自然と度胸がついて、ご葬家さんと打ち合わせをする時にも冷静に振る舞えるんだ。これは兄弟子からのアドバイス。って言っても、全部漆原さんが言っていたことだけど」

そういうことだったのかと、私は静かに缶を傾ける漆原を見つめて納得した。


葬儀の件数の少ない日が続いていた。

だからと言って油断はできない。不思議なもので、一件仕事が入ったのを皮切りに、立て続けに式場が埋まっていくことがよくある。人の生死に関しては、何の備えも予測も意味をなさない。空いた式場は、そのまま私の司会の練習の場になっていた。

そんな中、夏海と会うために、夕方の吾妻橋《あづまばし》の袂へと向かった。彼女の両親との話し合いの結果を聞くためだ。今夜は坂口さんも一緒だという。

雨は上がっていたが、何層にも重なった雲が水墨画のように複雑な濃淡を描き出している。ところどころ、うっすらと夕日を透かして赤く染まっているのが薄気味悪い。隅田川を渡る風は重く湿っていて、水のにおいが濃厚だ。

多くの外国人観光客が橋の上にも袂にもひしめいていて、なかなか目指すふたりが見つからない。ようやく、大きな体の陰に小柄な姿を認めてほっと息をつく。

私たちは、人混みを避けるように待ち合わせた浅草側からゆっくりと橋を渡った。

そのまま、墨田区役所の裏手の広場へと抜ける。すぐ頭の上を高速道路が通っているが、ここから見下ろす隅田川の風景はなかなかだ。ことに春となれば、対岸の浅草側の桜並木と、頭上には咲き乱れる区役所の桜。ゆったりと大河をゆく船を見下ろすのも、すこぶる気分がいい。しかし今は、湿った風が濃く繁った桜の葉をざわざわと揺らしているだけだった。

足元のコンクリートが乾いていたのを幸いに、私たちは隅田川に向かう階段に腰をおろした。

坂口さんが一緒とはいえ、夏海とこうしていると、高校時代の放課後、別れがたくて美術室を出た後もぶらぶらと隅田川の近くまで歩き、いつまでもおしゃべりをしていたことを思い出す。

「清水さんと夏海ちゃんが、同級生だったとは驚いたなぁ」

坂口さんが細い腕を前へ伸ばし、伸びをするようにして言った。

「天気はいまひとつだけど、いつも病院に籠っているから外の空気が気持ちいい」

「何年ぶりかで、美空とばったり会ったのも驚いたけど、ふたりが知り合いだったなんて、私もびっくりしたよ」

夏海の言葉に坂口さんも頷く。

「そういうタイミングってあるのかもね。海路君が結び付けてくれたのかなぁ、なんて」

最初、坂口さんと漆原の関係を疑ってしまった自分が情けなくて、私は曖昧に微笑む。

「どうだったんですか？　ご両親とお話をされて……」

私の言葉を、少し眉を寄せた坂口さんが遮った。

「敬語はやめよう。夏海ちゃんのことは実の妹みたいに思っているし、私もこれからは美空ちゃんって呼ぶから。ね？」

「でも……」

私の困惑に気付いたのか、坂口さんは明るく笑った。

「仕事の時は、仕事の時。それ以外は有紀でいいよ。美空ちゃんとも、もっと腹を割って話してみたいんだ。スカイツリーで会った時のようにね」

「分かりました、有紀さん」

「まだ堅いなぁ」

夏海が笑う。ふたりの様子は思いのほか明るい。ずっと心に秘めていたものを打ち明けられたためだろうか。

夏海は、深呼吸するように大きく息をつくと話し始めた。

「予想はしていたんだけどね、うちの母はこれっぽっちも受け入れようとしなかった。六年前で時間が止まってしまっているんだよね。優秀な兄貴は母の自慢だったから、よけいに認めたくないんだと思う」

「そう……」

実際にご遺体を前にしてさえ、信じられない、信じたくない、と切ない涙を流すご遺族を何度も目にしている。ましてや、夏海の家族はご遺体すら目にしていないのだ。死を認めるということは、全ての望みが絶たれるということでもある。私はそっと坂口さんの顔を窺った。

「お母さんの気持ちもよく分かるの。だから、もう何も言えなくなっちゃった。だってね、海路君の携帯を今もずっと充電し続けているんだって。あの日、海に入った海路君の携帯を私が預かっていたんだよね。事故の後でお母さんに渡したんだけど、まさか、今もずっと充電しているなんて、考えたこともなかったよ。それを聞いたら、もうこの人の希望を失くすことなどできないって、そう思えちゃった……」

坂口さんは寂しそうに微笑む。

夏海の家族の時間は、事故の後で止まってしまったのだ。夏海の両親は、事故から半年経って、ようやく海路さんの大学の休学の手続きをし、アパートを解約したそうだ。それ以外は、実家の部屋も、アパートから運び込んだ荷物も、全てそのままだという。

「やっぱり、難しいんだね……」

私は膝を立てて顎を埋めた。ことあるごとに海路さんの携帯を確認し、そっと充電器に繋ぐ母親の姿が目の前にちらつく。息子からの着信を待つというよりも、今はその作業こそが彼女の慰めになっているのかもしれない。

「結局、私は海路君の両親にとっては、他人なんだよねぇ」

坂口さんは大きなため息と一緒に言葉を吐き出し、薄暗い空に顔を向けた。

「私ばっかりが海路君の死を認めても、悼んであげることもできない。お母さんを傷付けちゃうもの。割り切って、私の心の中で弔おうとしても、実感がなさ過ぎて、海路君に届いているか不安になってしまう。結局、私と海路君には何の繋がりもない。一緒にいた事実さえ夢だったように思えて、ますます怖くなる……」

夏海がそっと坂口さんの背中に手を回す。彼女は気丈にも、私たちに微笑んでみせた。

「前に漆原さんに訊いたことがあるの。例えばの話ですけど、昔、戦争に行っていた旦那さんや息子さんが戦死したという知らせが突然届いたら、その家族は素直に受け入れられたものなのでしょうか。遺骨も何もないお墓に、手を合わせたのでしょうかって」

「……漆原さんは、なんて応えました？」

突拍子もない話のようだが、それだけ坂口さんが、自分の気持ちに何とかして折り合いをつけようと必死だったことが分かる気がした。

「少し考え込んだ後、丁寧に応えてくれたよ。帰ってこないのなら、受け入れるしかなかったのではないかと思います。故人をお墓に入れて手を合わせるという風習がある以上、やはり象徴としてのお墓に手を合わせたのではないでしょうかって」

漆原のことだ。ご遺族と接するように、生真面目に応える様子が目に浮かぶ。

「でもね、次にこうも言ったの。しかし、それはあくまでも形式的なお話です。信じたくないなら、信じなければいい。より身近な存在となって、自分の近くにいると考えてもいいし、どこかで元気に生きていると信じるのもいい。現に、ジャングルの中で生き延びて、帰ってきた方もいるではないですかって。結局は心の持ち方なんだなって、少し気持ちが楽になったの。私が何を求めているのか、分かったんだと思う」

亡くなっても、そこで終わりではない。思いは何らかの形で、残した大切な人たちに寄り添っているということを、里見さんと仕事をしてきた漆原は実感しているのだろう。

きっとこの言葉は、海路さんのご両親と相容《あい》れることができなかった坂口さんにとって、どこかで救いとなったはずだ。

「今日はね、有紀さんに伝えたいことがあるの」

夏海が、悪戯を告白するような顔をした。

「あの日、有紀さんが帰った後で、私もとうとう母親にぶちまけちゃった。だって、せっかく有紀さんが来てくれたのに何も解決しなくて、このままじゃだめだって思ったんだよね。私もずっと我慢してきたんだなって、やっと気付いたの」

事故以来、夏海の母親は自分たちばかりが楽しい思いをしてはいけないと思い込み、家の中がずっと暗く、息苦しかったそうだ。そんな状態が母親にとってもよくないと分かっていながらも、夏海も父親も、彼女の気持ちを考えると何もできなかった。

そんな日々が今も続いているのだとしたら、夏海にとっても苦しかっただろう。私はじっと夏海の横顔を見つめた。いくつもの照明を映して揺れる、暗い川面へと向けた横顔は、疲れたようにやけに大人びて見える。

「だからね、〝兄貴が死んだって本当はもう分かっているんでしょう？　いくら待ってももう帰ってこないんだって、信じたくないだけで、とっくに分かっているんでしょう？〟って、言っちゃった。気持ちなんて誤魔化そうと思えば、いくらでも誤魔化せるんだよね。兄貴は、実はどこかで立派に社会人やっているって思い込んだりね。でも、それではなんの解決にもならない。第一、いつまでも私たちが待ち続けていたら、兄貴だって安心して成仏できないんじゃないかな。そういう話をしてみたんだ……」

「夏海ちゃん……」

坂口さんが驚いたように夏海を見つめている。

彼女には、海路さんのご両親を気遣って口にすることができなかった言葉も、実の娘である夏海ならばぶつけることができたのだ。それでも、今まで家族の支えとなっていたものを打ち壊すことになるのだから、大きな葛藤があったはずだ。

しかし、思いがけぬことに、そこで夏海の父親が後押しをしてくれたそうだ。泣き出してしまった母親の肩を優しく抱きながら言ったという父親の言葉を、夏海は噛みしめるように繰り返した。

「ここで区切りをつけよう。事故の後、すぐに海路が見つかっていれば、とっくに葬式も出して、全て終わっているはずだったんだ。このまま、帰ってこない人を待ち続けるよりも、死を認めて、魂の帰還を感じたらどうか。そうすることで、自分は海路を近くに感じたい……って。母もね、泣きながら頷いてくれた。本当は分かっていたんだよね……」

魂の帰還……。

その言葉は、私にも衝撃だった。死を受け入れることによって、より近くにその存在を認めることもできるのだ。

形あるものだけが全てではない。私にはとっくに分かっているはずだったのに、改めて言葉にされると、なぜかとても新鮮に感じられた。思えば、私はこれまでもそんな情景を坂東会館で何度も目にしていたではないか。私にとっては、姉や祖母がいつも見守ってくれていると思うのと同じことではないのか。

息子の死を受け入れ、大切な面影として心に迎え入れる準備に、夏海たちの家族には六年という年月が必要だったのだ。どれだけ、苦しく長い日々だっただろうか。ようやく魂の帰還を果たした海路さんも、そんな家族の姿を喜んでくれていることは間違いない。

「だからね、ようやく有紀さんの人生を後押ししてあげられる。父も、母も、そして、やっと帰ってきた兄貴も、今まで一緒になって苦しんでくれた有紀さんには感謝をして、これから幸せになってほしいって思っていると思うよ。絶対にね」

見れば、坂口さんの目にはこぼれ落ちそうなほどに涙が浮かんでいた。

「よかった……。お母さんも、納得してくれたんだね。海路君もやっと、やっと家族のところに帰ってくることができたんだね……」

坂口さんは〝家族のところ〟と口にした。彼女の中には、もうとっくに海路さんは帰ってきていたのだ。今は、ようやくそれぞれの心の中に、それぞれの海路さんがいる。

「おかえりなさい、海路君」

ずっと言いたくても言えなかった言葉を、はっきりと口にすることができた坂口さんの目から、湛えきれなくなった涙がこぼれ落ちる。夏海も涙を浮かべて、噛みしめるように「おかえり、兄貴。ずっと待っていたんだよ……」と呟いた。

私たちは、坂口さんにそっと寄り添い、じっと隅田川の揺らめく川面を見下ろしていた。

ひとしきり涙を流した坂口さんは、顔を上げると「お腹空いたねぇ」と微笑んだ。私たちは顔を見合わせて、笑い合った。

浅草通りに出た私たちは、半分ほど雲に隠れたスカイツリーに向かって、めぼしい飲食店を探してぶらぶらと歩いた。

「そうだ、美空。ごめんね、お葬式なんて最初に言っちゃったけど、あれは保留にしてもらえるかな」

「気にしなくていいよ。まずは、夏海の家族が受け入れたってだけで十分だと思う」

「ありがとう。お葬式となると大ごとだし、心の中で区切りをつけられただけで、上出来かなって。父はね、母には待ちたいなら、待ち続ければいいんだ、とも言ってくれたの。ただ、兄貴の居場所は作ってあげようって、仏壇のようなものは考えているみたい」

「ゆっくり考えればいいと思う。有紀さんも、自分にとっての海路さんの居場所を持てばいい口にしてから、これまでもずっと彼女はそうしてきたんだと気付いた。スカイツリーの展望室がそうだ。ふたりの思い出を、あの場所で嚙みしめていたのだから。

その夜、たどり着いた通り沿いのお店で、坂口さんはびっくりするくらいのお酒を飲み、いつのまにか夏海の肩に頭をのせたと思ったら、すぅすぅと眠っていた。

「夜勤明けだって言っていたし、疲れていたのかもねぇ」

「ほっとしたっていうのもあると思うけど」

ベンチシートに坂口さんを横たえた夏海は、私の横に移動してきた。

「ねぇ、美空」

「なに」

「美術部の時さ、私が描いていた絵、覚えている？」

「覚えているよ。海の絵ばっかり描いていたね」

「どうしてだか分かる？」

「海が好きだからじゃないの？」

「まぁ、そうなんだけどね、海が好きだったのは、私の両親なの。仕事の都合で都内に住んでいるけど、ふたりとも湘南《しょうなん》の生まれでね、とにかく海が大好き。小さい頃はいろんな海岸に連れていってくれた。沖縄の真っ青な海や、瀬戸内の穏やかな海、日本海は夏でも冷たいって思ったし、太平洋はやっぱり広かった。だから、子供の名前も海路と夏海なの。いつか、仕事を引退したら、海のそばで隠居するんだって、ずっと聞かされていたよ」

「だから夏海も海が好きなんでしょう？」

「違うの。母が優秀な兄貴ばっかり褒めるから、気をひきたかっただけ。だからさ、正直を言うと、兄貴が大学に入って家を出てくれた時は嬉しかったんだよね。まさか、本当にいなくなっちゃうなんて……」

夏海はため息を漏らした。事故以来、それまで以上に坂口さんと親しくなったという夏海は、どこかで後ろめたさを感じていたのかもしれない。

「きれいだったよ、夏海の絵。好きだからこそ、描けた色だと思う」

夏海の作る青色は、どうやったらまねができるんだろうと思うくらい、何通りもあった。光の加減や、時とともに色合いを変えていく海原を表現するのにぴったりで、日差しに透ける波の透明感も見事に描いていた。

ふっと懐かしい光景が心の底に広がってゆく。

開け放たれた窓からは、校庭の運動部の賑やかな声が折り重なって聞こえてくる。廊下側の窓からは、すぐ横の音楽教室からの吹奏楽部の練習曲。美術室は、絶えず様々な音に満たされていた。

夏休みだった。

冷房設備がないため、三階の部室はむっとした熱気が立ち込め、そこに油絵具と筆洗油のにおいも加わって、やけに空気の密度の濃い空間だった。

年に一度の展覧会は、毎年八月の初旬に開催される。それに合わせて、この一か月近くは毎日真面目にイーゼルを立て、カンバスに向き合っていた。私がお気に入りの写真集から、ちまちまと可愛らしい小鳥の模写をする横で、夏海は熱心に青い絵の具をカンバスに塗り付けていた。

油絵は乾燥するまでにしばらくかかる。私も夏海も、ごてごてと絵の具を塗り付けるタイプではなく、極力薄めて、どちらかというと水彩画に近いような描き方だった。「私たちって、思い切りが足りないよね」と、笑い合うくらい潔さに欠ける作風は、描いた題材は違えど、どこか似た雰囲気があった。

展覧会の数日前には、私たちの作品はすっかりと乾いていて、包材に包まれて美術室の壁に立てかけられていた。あとは、タイトルと作者名を書いたプレートを作成したり、受付に置く芳名帳を用意したりと、こまごまとした準備が残っている。

開催される五日間は、部員が二、三名ずつ交代で会場に待機し、受付やご案内をすることになっていた。私は夏海とペアになっていて、その日を心待ちにしていた。なぜなら、会場には常に差し入れのお菓子や飲み物があり、お昼は部費から補助金が出て、会場近くのお店で食事ができたからだ。訪れるのは、ほとんどが部員の家族や、在校生、学校関係者、卒業生だが、誰に会えるかというのも楽しみのひとつだった。

しかし、夏海が会場を訪れることはなかった。展覧会が開催される前日に、海路さんの事故が起こったからだ。

「夏海、あの時の絵はどうしたの？」

本来ならば、彼女の両親も会場を訪れていたはずだった。

「ずっと押し入れの中」

「ご両親には見せたの？」

「見せられるわけないよ。だからずっと隠してあるの」

「今こそ、見せるべきじゃない？」

あの時、夏海が描いていた絵は、カンバスいっぱいに広がる青だった。広い空と海原、海の中には、無数の人々がいた。波に乗っている人もいれば、波間から顔を出している人もいる。思い思いにそれぞれが生き生きと海を楽しんでいる風景だった。その中には、海路さんも描かれていたのではないだろうか。夏海は写真を眺めながら、水彩画を描くように、薄く延ばした油絵の具を淡く、淡く重ねて、繊細な色合いを表現していた。その描き方は、空や雲や海の、どこも均一ではない色彩を表すにはぴったりで、顧問の先生も、コンクールに出展してみないかと言うくらい見事な作品だった。

「あの絵を見せるのもいいけど、久しぶりにまた描いてみたくなっちゃったな」

「油絵を？」

「うん。なんだろう、兄貴の区切りがついたせいかな、やっと、自分のために好きなことをやりたいっていう気持ちになったというか……」

私は微笑んだ。

「よかったね。ところで、油絵の道具、まだあるの？」

「それも押し入れの中」

「絵の具、固まっていないかな」

「そしたら、新しいのを買えばいい。あの頃みたいに、親に頼みこんで高い油絵道具を買ってもらわなくていいんだもん。今の私たちなら、自分で買える」

「おとなになったねぇ、私たち」

お互いに顔を見合わせる。改めて、六年という歳月の長さを噛みしめた。

「せっかくだから、美空も一緒にやらない？」

写真集を眺める以外、さして趣味と呼べるものを持たない私は、一瞬心を動かしかけたが、はっと我に返り首を振った。

「ごめん、やりたいところなんだけど、実は今、余裕がないというか……」

要領を得ない応えに、夏海が「仕事が忙しいの？」と首を傾げる。

私には、葬儀の司会をやり遂げるという、大きな課題が与えられている。

社会人も二年目となれば、そろそろ次へのステップアップを果たさねばならないし、先輩方からの見方も厳しくなる。同じ立場の夏海も状況を察したらしく、ニヤリと笑いながら頷いた。

「有紀さんから聞いているよ、美空の上司、なんでも素敵な人らしいじゃない」

思わず手に持ったジョッキのビールを吹き出しそうになった。

坂口さんが知っている漆原は、ご遺族や業者さんと接する時の〝よそ行きの漆原〟だ。坂東会館の事務所で、歯に衣《きぬ》着せぬ物言いをする漆原を知ったら幻滅するかもしれない。

そう思うと心の底から笑いがこみ上げてくる。思わず坂口さんの寝顔に目をやれば、未だ無防備にすやすやと眠っていた。


梅雨に入ってからというもの、東京の空はほぼ毎日雲に覆われていて、全く雨の降らない日はなかった。このままでは太陽の眩しさや暖かさを忘れてしまいそうだ。

その日も、厚い雨雲のために薄暗く、肌寒い朝だった。出勤すると陽子さんが、「おはよう」と宿直用の四畳半から首を出してきた。どうやら宿直明けの宮崎さんにコーヒーを淹れ、和室のテレビで情報番組を一緒に見ていたらしい。

「総武線《そうぶせん》快速が止まっているよ。錦糸町《きんしちょう》駅で人身事故だって」

「おかげで半蔵門線《はんぞうもんせん》がギュウギュウでしたよ」

私に続いて事務所に入ってきた椎名さんが、鞄《かばん》を置くと捩《ねじ》れたネクタイを結びなおす。「飛び込み自殺かな？　月曜日の朝からやめてほしいよね。あっ、でも月曜だから会社に行きたくなくなっちゃったのかな」

葬儀の仕事に曜日は関係ない。週の始まりという意識が希薄な私とは違って、椎名さんは割と一般的な感覚を持っているらしい。パソコンを立ち上げた椎名さんは、和室にまで届く声を上げる。

「運転再開見込みは未定だって。各駅のほうは動いているけど、混雑で遅れは必至だね。告別式にいらっしゃる方に影響がなければいいけど」

「おはよう」

漆原だった。入ってくるなり、まっすぐに給湯スペースに向かう漆原に、和室から出た陽子さんが「錦糸町駅で人身事故ですよ」と、コーヒーを手渡す。

「関連して、他の路線も遅延しています。マイカー通勤の漆原さんはご存じないでしょうけど」

相変わらずひと言多い椎名さんには応えず、コーヒーをひと口飲んだ漆原は、「亡くなったのか？」と訊いた。そこまで報道されるわけではない。

「亡くなっていたら、ここに来るかもしれませんね。錦糸町駅ってことは、住まいもこの辺りでしょうし」

椎名さんの言葉に、私はようやく理解した。皆がやけに関心を示す理由は、近隣で起きた事故に対する好奇心などでは決してなかったのだ。

その日の夕方になって、坂東会館に葬儀の相談の電話が入った。

私と漆原は外の現場から戻ったところで、持ち出した記帳の道具などを備品置き場に片付けながら、騒《ざわ》めく事務所の気配を感じていた。

「鉄道事故で命を落としたってことは、きっと朝の件ですよねぇ」

椎名さんが重いため息をついている。今夜は坂東会館でも二件の通夜が入っており、動ける葬祭部の社員も限られている。漆原は椎名さんの襟首をつかむと、陽子さんに訊いた。

「赤坂さん、霊安室の空きはあるな?」

「はい。あとおふたりはいけます」

しっかりと確保された椎名さんが、恨めしげに漆原を睨む。

「分かった。椎名、寝台車の鍵。俺も一緒に行ってやる」

葬儀になれば、そのまま漆原が担当することになるかもしれない。ならば私が同行すべきではないかと思ったが、先に椎名さんを駐車場へ行かせた漆原は、チラリと時計を見てから私に言った。

「今日の葬儀の帳簿をまとめたら帰っていいぞ。お疲れ様」

「分かりました。漆原さんも、お迎えよろしくお願いします」

慌ただしく見送った後、電話番として残っていた陽子さんと顔を見合わせた。

私がよほど心細そうな顔をしていたのか、陽子さんはそばに来て、肩をぽんぽんと叩いてくれる。

「美空が緊張したって仕方ないでしょう。大丈夫、いつもと同じにやればいいんだよ。病院に搬送されたんだから、即死じゃなかったってことだし、大丈夫だよ」

大丈夫、と繰り返す陽子さんの言葉は温かい。〝気〟に敏感で、ことさら臆病な私が、自殺者や事故死のご遺体に毎回怯《おび》えていることをよく分かっているのだ。

私が常々尊敬するのは、おっとりした陽子さんが、意外と強靭な精神力を持っているという点である。最近知ったことだが、ホラーの映画やマンガが大好きだそうで、私などより数段肝が据わっているのだ。

その日は言われたとおりにさっさと仕事を片付け、帰宅した。

最近の私はいたって勤勉である。

帰宅すると、何やら話しかけられるのを待っている様子の父親を横目に、素早く祖母の部屋へ入り、仏壇の前で司会の練習をするのだ。

仏壇を祭壇に見立て、六畳の和室にご遺族や会葬者が並んでいる情景を想像する。私は部屋の入り口に姿勢を正して佇み、式の流れをたどる。実際にはマイクがあるので、大きな声を出す必要はない。漆原の式を思い出しながら、抑揚を抑えた声に、少しだけ感情を込めてみる。ちょっと違うな、と思い、感情を込めないようにしたらそれもまた違う。雰囲気を邪魔せず、あくまでも進行に徹し、それでも参列の人々に寄り添う司会を求めて、何度も声を出す。

時々、仏壇の姉や祖母の写真に目をやり、（今のどう？）などと問いかけてみる。もちろん、応えてくれることなどないのだが、しっかりと見ていてくれている確信はある。それだけでも励みになった。

祖母の最期が近づいた時、私は漆原の計らいで、毎晩病院に面会に通うことができた。それを祖母は何よりも喜び、感謝してくれた。彼女の葬儀を漆原が誠意をもって行ったことも、どこかで嬉しく思っているかもしれない。だからこそ、私が漆原の期待に応えようと、いや、あのような人物を目指して努力する姿を、応援してくれているに違いない。

ただ落ち着いた司会ではだめなのだ。漆原の行う葬儀の本質を改めて考える。

単なる終わりの儀式ではない。故人を悔いなく旅立たせ、見送る人々にも区切りとなり、前へと歩ませるための儀式。そこに必要なのは、ひっそりとした中にも芯の強さのようなものを孕《はら》んだ口調だ。それを思い描き、何度も何度も練習を繰り返した。

大粒の雨がフロントガラスをしきりに叩く。ワイパーが弾《はじ》き飛ばす水は、勢いよく左右へとかき分けられて後方へ流れていく。道路にもうっすらと水が溜まり、絶えず聞こえる水音が頭の中で鳴り響いている。昨夜の練習の出来はいいとは言えず、今朝は憂鬱な気持ちで家を出たのだった。

私は重い頭を上げ、運転席の男の横顔を窺った。

「今向かっているのは、昨夜お迎えに行ったご遺体のご自宅ですか」

「そうだ」

出勤するなり、漆原に打ち合わせだとすぐに車へ乗せられた。結局、そのまま漆原が担当することになったようだ。椎名さんのほっとする顔が目に浮かぶ。

「どうでした、ご遺体」

「興味があるなら、次は連れていってやる」

「……ごめんなさい」

この男なりに、私の小心《しょうしん》に配慮してくれたことには感謝をしている。とはいえ、葬儀の仕事に就く以上、それではだめだということも理解はしているつもりだ。ご遺族の心痛の中で、死にまつわる様々なことを代行して執り行うのが葬儀社なのだ。

「安心しろ。昨夜のうちに椎名と納棺を済ませた。列車に弾き飛ばされて、頭部を打ったのが死因のようだ。直接に轢《ひ》かれたわけではない。ただ、気の毒だが、今回はお顔をお見せすることのできない状況だな」

おそらく、棺の蓋はしっかりと閉じられ、十分な量のドライアイスで保冷が施されているのだ。ご遺体の損傷があまりに激しければ、先に火葬される場合もあるが、坂東会館の稼働状況を見る限り、他の葬儀場からもご遺体が運ばれてくる火葬場はきっといっぱいだろう。式場は、既に明日の通夜を押さえており、ならばと保冷で状態を保つことにしたようだ。目撃者の証言から、事件性がないことも分かっている。

ご自宅は椎名さんが予想した通り、錦糸町駅からもそう遠くない住宅地のマンションだった。先に車を降りた私は、狭いパーキングに車を入れる漆原を待っていた。

住宅地の中にぽっかりと空いたわずか車四台分の駐車場だ。我が家の周りもそうだが、老朽化した家が取り壊され、いつの間にかマンションや駐車場に変わっている。何もかも移ろいゆくのがどこか悲しい。傘を叩く雨の音が大きくて、漆原が横に来たことにも気付かなかった。

いつものように、呼び鈴を押した漆原の後ろでドアが開けられるのを待つ。

マンションのエントランスで傘の雨水を払ったはずだったが、通路の床には小さな水たまりができており、私は迷った末に玄関ドアの横に漆原の分と合わせて二本の傘を立てかけた。

漆原が礼儀正しく挨拶をし、私も後ろで頭を下げる。家の中から漏れ出てくる空気は、ゾッとするほどに重苦しかった。

顔色の悪い男性に促されて進んだリビングには、さらに顔色の悪い女性が待っていた。ふたりとも、私の両親と同じくらいの年齢だ。そういえば、故人のことに関しては漆原から何も聞いていない。

テーブルに着くと、男性が「遺影用の写真です」と一枚の写真をテーブルに置いた。指先が細かく震えている。視線を落とした私は、はっと目を見張り、次に横の漆原を睨んだ。間違いなく、意図的に私に隠していたのだ。漆原は私の視線など気にも留めず、「確かにお預かりいたしました」と、用意した封筒に丁寧に写真を入れた。

喪主を務めるその男性が示したのは、私と同じ年頃の女性の写真だったのだ。まだ若い彼女が、昨日の朝、電車にはねられたという事実に、私は大きな衝撃を受けていた。

動揺を悟られないよう顔を上げ、目の前の夫婦、つまりは写真の女性のご両親を見つめた。突然の出来事に、ふたりとも呆然としている様子だった。私たちに説明することで、気持ちを整理しようとでもするかのように父親の真一《しんいち》さんが話し出す。

「何がどうなったのか、私たちも分からないのです。娘は……、紗絵《さえ》は、自殺をしたのでしょうか」

目撃者の証言によると、朝の通勤時の混雑したホームを、突然ふらふらと進み出た若い女性がよろめき、前へ倒れ込んだところに電車が入ってきたという。一瞬のことで、周りにいた人々は騒然としたそうだ。その女性が今回の故人、間島《まじま》紗絵さんだった。

「昨日も、いつも通りに仕事に行きました。ちゃんと、〝行ってきます〟と言って。いえ、それまでだって、変わったところはなかったと思います……。自殺だとしたら、あの子の悩みに気付いてやることができなかったのです。親なのに。毎日、一緒にいるというのに……」

紗絵さんは今年の春に大学を卒業し、都内の有名ホテルのレストランに就職したばかりだったという。

ホテルでのサービスに憧れ、学生時代は語学の習得にも励んだという彼女の第一志望のホテルだったそうだ。本人と家族の喜びもひとしおで、先月には初任給で両親を勤務先のレストランに招待し、紗絵さんも一緒に食事をしたという。当然ながら、両親は、娘が夢をかなえ、生き生きと働いていると安心していた。

ところが、昨日、突然もたらされた連絡にご両親は耳を疑った。まさかと思いながら駆け付けた病院で目にしたのは、変わり果てた紗絵さんの姿だった。

「憧れのお店で働けるって、あんなに喜んでいたんですよ？　確かに、帰りは毎晩真夜中ですし、朝早い時もあるから大変な仕事だと思いはしましたが、でも、まさかこんな……。時々、ぐったりとして〝疲れたなぁ〟って言っていることがあったんです。あの時、もっと話を聞いてあげればよかったんでしょうか。ずっとひとりで悩んでいたのかと思うと、気付けなかった自分が情けなくて……」

母親の鈴子《すずこ》さんはそう言うと、こらえきれずに涙をボロボロとこぼす。その様子に真一さんも目を潤ませながら、言葉を継いだ。

「あの子はね、我慢強い子なんです。昔から負けず嫌いで、ひとりでじっと耐えている。相談することを、周りに迷惑をかけることだって思い込んでいるようなところがあってね、いつだって自分で解決してしまう。もしかしたら、思い詰めていたのかもしれません。信じたくはないけれど、私たちに心配を掛けまいとして、職場で悩んでいることを言えなかった気がするんです。就職が決まった時は、家族で大喜びしましたからね。だから、よけいに、私たちをがっかりさせると思って……」

自分たちを責めるご両親の気持ちが胸に突き刺さってくる。

紗絵さんは事故死だったのか、それともご両親が危惧するように、仕事に行き詰まっての自殺だったのか。しかし、それがはっきりしたところで、彼らの悔いや悲しみを和らげることはおそらくできない。

「もしも仕事で思い詰めていたのであれば、さっさと辞めて構わなかったんです。入社したばかりですからね、向いていないと気付いたなら、全く違う道に進んだっていい。こんなことになるくらいなら、もっと他に何かできたはずだ……」

そう言った真一さんは、握りしめた拳を強くテーブルに打ち付けた。私は思わず身をすくめる。彼はそのままの姿勢で唇を噛み、肩を震わせていた。

彼らの話を聞きながら、いつの間にか私の心には紗絵さんが浮かび上がってきていた。同じ年頃、就職したばかりの新しい環境、彼女の気持ちが何となく理解できる気がしたのだ。

彼らの言う通り、ご両親に心配をかけたくなかったのだろう。それに、自分で希望して進んだ道で行き詰まったことが、何よりも真面目で努力家の彼女を傷付けたのだ。だからこそ、相談ができなかった。

身じろぎもせずにじっと考え込んだ私は、横の漆原に軽く肘で小突かれて、はっと顔を上げた。漆原が滑り込むように、慎重に言葉を発する。

「つらいお話をお聞かせくださって、ありがとうございます。おふたりの思いを込めたお式で、お嬢さんを送って差し上げましょう。ひとつだけ確かなことは、今、お嬢さんは、あらゆる悩みや苦しみから解放されたということです」

ご両親は嗚咽《おえつ》を漏らす。漆原は労わるような眼差しでふたりを見守っていた。

その日の打ち合わせは、ご両親を気遣いながら、ことさら丁寧に行われた気がする。紗絵さんの訃報は、事故死ということで、ご親族と親しい友人にのみお伝えすることに決まった。式場は坂東会館の三階である。

漆原は、広げられていた書類やパンフレットを片付ける私をチラリと見ると、紗絵さんのご両親に向き直り、はっきりした口調で言った。

「明日のお通夜の司会進行は、この清水が務めさせていただきます。開式前に、ご列席の方々に短くではありますが、故人様の人となりをご紹介させていただいております。それはご承知いただけますか」

顔を強張らせた私には気付かず、ご両親は顔を見合わせると小さく頷いた。

ふたりが時折涙を浮かべながら語る紗絵さんの人柄を、慌てて手帳に書き留めながら、私の心は漆原に対する怒りで煮えたぎっていた。

マンションを出て、駐車場へ向かいながら私は漆原に食いついた。

「いきなり、ひどいじゃないですか」

振り向いた漆原は、傘の陰から横顔を覗かせる。

「もう練習は十分だろう。できると判断したからやらせるまでだ。石橋を叩き続けていては、いつまで経っても前へ進めない」

「でも、よりによって、紗絵さんみたいなケースが最初だなんて……」

漆原はじっと私の目を見つめた。私も黙って睨み返す。私たちの間では、細かな雨が音もなく舞っている。

「ご両親の話を聞きながら、紗絵さんは誰かに似ていると思ったら、君だ。負けず嫌いで、努力家な君が、紗絵さんをしっかり導いてあげればいい。心配しなくても僧侶は里見だ。何かあった時のために、椎名や赤坂さんもつけてやろう」

「ちょっと、それじゃあまるで晒《さら》し者じゃないですかっ」

漆原はクスリと笑った。「冗談だ。俺はできることしかやらせない」

坂東会館に戻った私は、すぐに霊安室へと向かった。漆原は付いてこようとはせず、「右端だ」と位置だけ教えてくれた。

紗絵さんの棺に向かい、ロウソクの火を灯すと、線香を上げ、手を合わせた。

目を閉じると、先ほどのご両親の様子とともに、写真の中の紗絵さんの姿がよみがえってくる。

ご両親が選んだ写真は、紗絵さんが職場のレストランに彼らを招待した時のものだった。私ですらその名を知っている、日本橋にある外資系ホテルのレストランだ。

彼女のご両親からは、開式前の人柄の紹介時に、憧れていた場所に就職がかなったということをぜひ盛り込んでほしいと言われていた。聞けば、紗絵さんの家族にとっては特別に思い出のあるホテルだった。

紗絵さんが中学生になった年の誕生日に、ご両親はお祝いにこのホテルのレストランを予約したのだ。それまでも、ひとり娘の誕生日を都内のレストランで祝ってきたそうだが、この年の誕生日は彼女にとって忘れられないものとなった。

窓からの夜景もさることながら、スタッフのきびきびとした動きや、外国からのお客様とも流暢《りゅうちょう》な言葉でやりとりする姿が印象的だった。たまたま風邪気味でワインの進まなかった鈴子さんのところにさりげなくお水を持ってきてくれたことも、彼女には驚きだったようだ。その日の夜から、彼女は大人になったら、あそこで働くと言って、両親を苦笑させたそうだ。

写真の中で並んで座ったご両親は、満面の笑みだった。娘が子供の時から温め続けた夢を、見事にかなえたのだ。見守ってきたご両親にとって、どれだけ嬉しかったことか。

紗絵さんは、ふたりの後ろに同じように微笑んで立っていた。

三人の前に置かれた華やかなデザートのプレートには、〝今までありがとう〟という文字が入っていた。今となれば、やけに意味ありげに思えてしまう。漆原が写真を封筒に入れる前に、まじまじと写真を眺めていた真一さんがポツリと呟いていた。

「あの時は、当然、無事に社会人になるまで育ててくれてありがとう、という意味だと思っていたのですが……。もしかしたら、それだけではなかったのかもしれませんね……」

何とも言えないやりきれなさを滲ませた口調がまざまざと思い出されて、私はどうしても、あの朝、紗絵さんに何が起こったのかを考えずにいられなかった。わけもなく切なさがこみ上げてくるのは、同年代というだけではなく、自然と自分の姿と重ね合わせてしまうからだ。

社会人となり、学生時代の生活との変化に戸惑い、失敗して漆原に呆れられ、怒鳴られたことだって何度もある。思うようにできない自分が悔しくて、自信を失くしたり、次こそは認めてもらおうと意気込んだりの繰り返しだった。就職して半年も経たないうちに祖母が亡くなってからは、ますます葬儀の仕事に対する思いが強くなった。それだけではない。先輩にも恵まれていた。目標となる人たちと過ごすうちに、いつしか自分の目指すものが定まっていた。

紗絵さんを思うことは、自分を振り返ることでもあった。私にとってこの仕事は、紗絵さんのようにずっと憧れてきたものではないけれど、続けるうちにかけがえのないものへとなっていったのだ。

(もったいないよ……)

思わず私は呟いていた。生きていれば、この先には楽しいことだっていくらでもあったはずなのだ。

向き合った棺からは、ただ静かで、澄み切った気配が感じられる。

それは何も未練がないということなのだろうか。紗絵さんは、実際にはレストランの仕事がつらくて、どうしても逃れたかった。そのために自ら死を選び、今はこうして苦しみから解放された。だからこそ、こんなに穏やかでいられるのではないか……。

私はあわてて首を振る。全ては勝手な憶測だ。決めつけてはいけない。

どんなに棺に向き合ってみても、それまでと同じように、ただひっそりとした気配しか感じ取れない。こんな漠然とした状態で、明日の通夜の司会をしっかり務めることができるのかと不安になってくる。

それでもやるしかない。私はまだ目指すものの途中で佇んでいるだけに過ぎない。今回の式をやり遂げられるかどうかは、私にとっても大きな分かれ道のような気がする。

「紗絵さん、明日のお通夜では、私が司会をやらせていただきます。紗絵さんも、ちゃんとできるのかと不安になっているかと思います。……でも、精いっぱいやらせていただきますので、よろしくお願いします」

私はもう一度手を合わせ、深く頭を下げる。ロウソクを消し、霊安室を後にした。

事務所に戻ると、すでに大半の手配を漆原が済ませていた。私が一緒にやるよりも、漆原ひとりのほうが断然仕事がはかどっている。

「遅かったな」

「すみません。私ができることは何か残っていますか?」

隣に座ると、漆原はくるりと椅子を向けた。

「今回の君の仕事は司会だ。司会だけに専念すればいい」

そのために、私が霊安室に行っている間に仕事を進めてくれていたのかもしれない。ぽかんと見つめる私に、漆原は「どうだった？」と訊ねた。

「ただ静かなご遺体でした。漆原さん、やっぱり、紗絵さんは自殺だったのでしょうか……」

漆原は視線を上げて私の目を見つめた。強い眼差しに思わずひるむ。

「それをはっきりさせることが必要か？」

「でも、紗絵さんにも、ご両親にも寄り添う式をするには……」

「君が〝静かだった〟と感じ取ったのなら、それが全てだ。ならば、今回寄り添うべきはご遺族のほうだ。紗絵さんが自ら死を選んだと分かれば、ますますご遺族は自分たちを責めることになる。違うか？」

漆原の言葉に、私ははっとさせられた。

「必要なのは、必ずしも全てを明らかにすることではない。故人やご遺族の悲しみや後悔を軽くすることができるならば、時には里見のように全て知ってしまうことが必要な場合もあるが、普通はああはいかないからな。だから、多くの式を経験しろと言っているんだ」

「はい……」

うなだれた私に、漆原は壁に掛けられた、式の予定が書かれたホワイトボードを示すと立ち上がった。

「三階の式場が空いている。明日は君が心を込めて見送ってさしあげるんだ。行くぞ」

これから、司会の練習に付き合ってくれるということだ。心の中には、まだ納得のいかない思いが残っている。それでも、今の私にできることは、精いっぱい練習して、紗絵さんをお送りすることだけなのだった。

漆原は私に、ご親族を式場へと誘導するご案内から、通夜が終わり、お清め会場への誘導まで、何度も繰り返し練習をさせた。あたかも体に覚えさせるといった調子だ。自分が担当する式で、失敗させるわけにいかないのはよく分かる。繰り返すうちに、私のほうもダメ出しをされるのが悔しくて、次こそはと次第にムキになっていった。

ようやく漆原が頷いたのは、三時間近く経った頃だった。

「形はできたな。あとは、君の気持ちを込めることだ」

そこでまた私は途方に暮れた。自分では、心を込めているつもりだったのだ。気持ちという部分で、どうしても私は行き詰まる。紗絵さんのご両親のことを考えると、彼女はなぜ死んでしまったのか、というところに戻ってしまうのだ。それによって、気持ちの込め方も違ってくるのではないのか。

漆原から今夜は早めに帰れと言われ、心の中で「気持ち、気持ち」と繰り返しながら帰途についた。頭は司会のことで一杯だった。おまけにプレッシャーがずしりと重くのしかかっている。繰り返した練習のせいで心身共に疲れ切ってもいた。正直なところ、普段はあまり温度を感じさせない漆原が、まるで熱血体育教師のような指導をしてくるとは思わなかった。

ああ、本当に疲れた……、そう思いながらホームに降りたところまでは覚えている。そこではっと我に返り、立ちすくんだ。

低く重い音が近づいてくる。次に感じたのは強い風だ。ぽっかりと見つめる先の暗闇が、近づく列車のライトで明るく照らされる。そう思った時には、勢いよくホームに地下鉄が滑り込んできた。私は思わず目をつぶった。

正直なところ、びっくりした。そして、怖いと思った。

慌ててよろめきながらも数歩後ろに下がったのは、既に目の前を何両目かの車両が通過し、ようやく止まろうとした時だった。毎日通勤で使っている駅だ。体は動作を覚え込んでいるのに、意識は全く別のところにあった。

その後、私は二本ほど地下鉄を見送り、じっとホームに入ってくる列車を見つめていた。地下鉄と地上を走る総武線快速の違いがあるが、次第に人が増えてくるホームに立つと、開けた線路の開放感にどこか心が引き付けられる。

真相は分からない。分からないけれど、こういうことだったのかもしれない。

紗絵さんも疲れ切っていたのだ。疲れて、考え事をしていて、ほとんど無意識に進み出てしまった……。そう気付いてみれば、私も就職活動中に失敗し続けるたび、ぼんやりと立った駅のホームで、ふっと線路に吸い込まれそうになったことが何度もある。そうなれば楽になれるのかなぁ、などと恐ろしいことを一瞬、頭に浮かべながら。

当たり前の判断力もなくなるほど、紗絵さんが疲れ切っていたのだとしたら、彼女がそれだけ仕事に打ち込んでいたということなのではないだろうか。ご両親が言っていた通り、努力家の彼女なら十分考えられる。

再び、重い車両が近づいてくる気配がする。大きな音と、生暖かい強風に、私は少し顔を背ける。ホームに降りてから、四本目の列車にようやく私は乗り込んだ。自宅の最寄りの駅では下りず、そのまま日本橋を目指していた。

棺を乗せた台車を、自分の手で霊安室から式場に運んだのは初めてだった。

私たちが〝舟〟と呼ぶ棺用の台車は、はめ込み式の頑丈なハンドルがある。それをぎゅっと握りしめる。思いのほか、重い。エレベーターの扉のわずかな段差でも苦戦し、式の行われる三階へたどり着く。この重みこそが大切なものなのだと、ままならない動きに右に左にと蛇行しながら、何とか祭壇の前に棺を安置する。じっと見ていた漆原に、「力の入れ方が均一でないから、まっすぐ進めないんだ」と言われ、なるほどと思う。

真っ白な花々で覆われた祭壇に向かい、漆原と並んで手を合わせた。式場内は、凜とした菊の香りと、線香の香りで清浄な空気に満ちている。

視線を上げると、紗絵さんの遺影と目が合った。素敵な微笑みだなと思う。憧れの職場に、ご両親を招待した時の写真だ。幸せでないはずがない。ほとんどのご遺族が、笑顔の写真を遺影に選ぶのは、故人が幸せであったと信じたいからかもしれない。

「漆原さん」

祭壇の前で並んだまま、そっと漆原に話しかけた。「私、昨日あれから日本橋まで行ってきました」

漆原が驚いたように私を見下ろす。

「紗絵さんが就職したホテルに行ったのか？」

「はい。最上階にある、とても素敵なイタリアンレストランでした。……と言っても、私が入ったのはロビーまでで、置いてあったパンフレットを片っ端からもらってきただけです。さすがに、ひとりでエレベーターまで乗る度胸はありませんでした」

漆原が呆れたようにため息をつく。

「そこまで行っただけでも、たいした度胸だ……」

「紗絵さんが、憧れた気持ちも、就職できて誇りに思った気持ちも、どれもよく分かりました。全てがキラキラと輝いていて、まるでお城みたいなホテルでした。でも、その分仕事も厳しかったんだということも見当がつきます。目指すところが高ければ高いほど、新人だからという甘えは許されないのかもしれません。真面目で努力家だったという紗絵さんは、一流の先輩たちに囲まれて、早く追いつかなくてはと焦ってしまったのではないかと思いました」

漆原は遺影を見つめたまま、私の話に耳を傾けている。

「だから私は、紗絵さんが一生懸命頑張っていたということが、ご遺族やいらっしゃる方々に伝わるように、心を込めてやらせていただきたいと思います」

漆原が頷いた。私はようやくほっと息をつく。

「どうして、そう思うようになったんだ？」

「私も昨日の帰りに、電車に吸い込まれそうになったからです……」

漆原の問いに、私は目を逸らして小さく呟いた。


しばらくすると、紗絵さんのご両親が到着した。

控室へお通しした後で式場へとご案内すると、祭壇に歩み寄ったふたりは、その前に置かれた棺を目にして立ちすくんだ。

紗絵さんは、病院から直接坂東会館に搬送されている。納棺にも立ち会っていないご両親にとっては、分かり切っていたこととはいえ衝撃だったようだ。ぴたりと閉じられたままの棺の窓を見た鈴子さんが、縋るような視線を漆原に送る。これも十分に分かり切っているはずだが、そうせずにはいられなかったのだろう。

「大変お気の毒ではありますが、今回は、このままお式を進めさせていただきます」

もちろん打ち合わせの際にそういったことも説明済みなのだが、平静さを失っている折である。沈痛な面持ちで頭を下げた漆原に、鈴子さんはあきらめたのか、そのまま棺に縋りついた。この中に我が子がいる、それを感じ取ろうとでもするかのように、彼女は棺に掛けられた金襴《きんらん》の布の上を撫でながら、肩を震わせている。

喪主である真一さんも静かに鈴子さんの横に座り込むと、同じように棺に手のひらをのせ、悔しそうに唇を嚙みしめた。

おふたりの様子は昨日よりもなお憔悴しているように思え、私の心も痛んだ。昨夜は一晩中、娘の死の真相について、自分たちを責め続けたのかもしれない。何とかして、傷ついた心に少しでも光を届けてあげたいと思う。そうでないと、紗絵さんも安心して旅立てない気がしてしまう。

「お顔が見たいでしょうね……」

ご両親は、冷たく硬い棺の表面を何度も何度も撫でさすっている。対面することのできない娘の姿を、なんとか確かめようとするその動きには胸を締め付けられるものがある。

漆原は私の横に立ったまま、何も言ってはこない。しかし、私の様子を窺っているような気配は感じた。ご両親の深い悲しみに接し、私がまた感情移入しすぎるのではないかと思っているのかもしれない。

確かにこれまでの私ならば、ご両親の感情に共感して、涙ぐんでしまっていたと思う。いや、今も涙が滲みそうなのは確かだ。けれど、繰り返した司会の練習が、私に気付かせてくれたことがある。私たちは彼らの悲しみを受け止めて、それを包み込む立場にならなければならないということだ。

漆原が淡々と式を行うのは、決して悲しみに鈍感なのでも、何度も葬儀を繰り返すうちに慣れたからでもない。ご遺族の気持ちを深く理解して受け止める、強い覚悟を持っているからだ。司会とは、式を動かすこと。故人を最後までしっかりとお見送りする式を行う中で、ご遺族や会葬者の悲しみを全て包み込み、その思いを昇華できるように導かなくてはならない。

私は顔を上げ、漆原に頷いてみせた。少しだけ目が潤んでいたかもしれない。だが、しっかりと漆原の目を見つめることができた。

やがて、一般の会葬者も到着し始めた。

次々に訪れる紗絵さんと同世代の女性たちの姿に、友人が多いことに驚かされた。打ち合わせの際には、親しい友人にのみ知らせるということにしていたはずだが、おそらく彼女たちの間で次々と紗絵さんの訃報が広がっていったに違いなかった。それだけ、友人たちに慕われていたということだ。

今回のように、人が人を呼んで、気付けば会葬者が想定よりも多くなるということもある。漆原は、大学を卒業したばかりという紗絵さんの状況を考えて、当然ながらそのような場合の返礼品やお料理の追加も、喪主には打ち合わせ時に了承をいただいていた。

「休憩に行くなら、今のうちだぞ」

返礼品の確認を終えた漆原が、後ろから声をかけてきた。「事務所でお茶の一杯くらい、飲んできたらどうだ」

私は首を振った。

「ここで、紗絵さんのために集まった方々を眺めてお話を聞いていると、また色々なことに気付かされます。こんなにもお友達が多くて、みんながそれぞれ紗絵さんの思い出を持っていること。やっぱり、彼女は頑張り屋さんで、働いていたレストランが大好きだったということ……。〝お店においでよ〟と、誘われた友人もいたようです。その前にこんなことになってしまったと悲しんでいましたけど……」

「雰囲気を感じ取るのも大切なことだからな」

漆原は私に並んでロビーを見渡した。喪服の人々がひしめくロビーで、ほぼ私と同世代の紗絵さんの友人たちに紛れ込むと、私までが紗絵さんを悼みに訪れたような錯覚に陥りそうになる。

「そろそろ里見も到着する。駐車場まで迎えに行ってこい」

漆原はそう言うと、自分はお清め会場の準備が気になるのか、さっさと行ってしまった。いよいよ通夜の開式が近づいてきている。私は気持ちを引き締めた。


里見さんは、式場で祭壇に向かって手を合わせた後、控室へと向かった。私は袈裟の入った大きなバッグを下げたまま、里見さんの後ろを付いていく。

控室に入ってバッグを置いたとたん、じっと私を見つめていた里見さんがいきなり笑顔で手のひらを差し出してきた。

「はい、美空ちゃん、握手」

呆気にとられる私の右手を強引に引っ張ると、ぎゅっと握る。

「漆原から聞いているよ。今日、いよいよ司会をやるって」

まっすぐに見つめられ、手にはさらに力が込められた。「僕からの激励」

驚きはしたものの、私は思わず微笑んでいた。

「ありがとうございます」

「あれ？　もしかして、美空ちゃんって、意外と肝が据わっている？」

「そんなタイプじゃないのは、里見さんもよくご存じでしょう。緊張を通り越して、今は無の状態なんです。考えると怖くてたまらないので、もう自然に任せようと。昨日は漆原さんにみっちり仕込まれました。だから、練習してきたことが体に染みついているはずだと、信じることにしたんです」

　ようやく手を解放してくれた里見さんは、面白そうに笑った。

「そういうところが、肝が据わっているって言うんだよ。努力してきた人じゃないと、なかなか言えないよね」

「そういうものですか」

「そういうものです」

　リラックス、リラックスと繰り返しながら、なぜか里見さんが私の分までお茶を淹れてくれた。その様子に、また私まで笑ってしまった。言われてみれば、目の前の僧侶はいつだって自然体だ。

「こうなるまでには、かなりの葛藤があったんです。私と同じ年頃の娘さんを亡くしたご遺族が、私の司会で心を痛めないか、とか……」

「事故か自殺か分からなかったんだってね」

「ご両親は、気付いてあげられなかったと悔やんでいました。でも私は、紗絵さんが仕事に熱心なあまり、ふっと線路に進み出てしまったような気がするんです。さっきまでロビーで、集まったご友人たちの話を聞いていて、ますますそう感じました。誰もが、紗絵さんは努力家だった、いつも前向きで励ましてくれた、って言っていたのです」

「たくさんのお友達が来てくれているね」

「はい。きっと、ご両親も驚いているのではないかと思います」

里見さんは穏やかな表情で私を見つめていた。

「きっとね、どちらにせよ、ご両親は自分たちを責めると思うんだ。大切な娘が一生懸命になり過ぎて疲れていたのなら、なぜ早くに気付いて、休ませなかったのかってね。大切なのは、どれだけ娘さんが、たくさんの人に思われていたか気付かせてあげることだよ。彼女の人生が豊かなものだったと思うことで、ご両親の心も少しは楽になる」

「……そうですね」

「大切な人を失えば、どんな別れ方であれ、もっとこうすればよかったっていう後悔の思いは何かしら残るものだと思う。それでも、その人の笑顔や、一緒に過ごした日々を思い出して慰められることもある。まるで万華鏡みたいに、その時々で違った気持ちになるんだ。それを繰り返しながら、失った人を心に抱えて生きていくしかないのかもしれないよね」

「人間の感情って厄介ですね。繊細過ぎて、手に余ります」

自殺にしろ、事故にしろ、突然身内を失えば、衝撃と悲しみに満たされる。そこに理不尽を嘆く思いや怒りが加わり、自分に何かできなかったのかと後悔が追いかけてくる。

「全部を理解することなんて、どだい無理なんだ。自分にできることをやっていくしかない。だから、今の美空ちゃんは、心を込めて紗絵さんを送ってあげればいいんだ」

私は大きく頷いた。もう迷いはなかった。

式場前のロビーに戻ると、お清め会場の準備をしていた陽子さんがさりげなく近寄ってきて、「がんばれ」と応援してくれる。受付前で案内をしていた椎名さんも、小さくガッツポーズをしてくれた。私はふたりに頷いてみせる。

式場から出てきた漆原が、無言で白い手袋を手渡してきた。いつも事務所を出る時にポケットに入れるそれを、今日はすっかり忘れていた。こうやって、いつだって気に掛けていてくれるのだ。漆原も、他の仲間たちも。

きゅっと白い手袋に指を通す。

「そろそろ式場に入って、ご遺族や参列者に席に着くようアナウンスしないといけないな」

さりげなく手首の時計を確認した漆原に、私はぺこりと頭を下げた。

顔を上げ、じっと漆原を見つめる。

「はい。では、行ってきます」

いつもの漆原のセリフだ。一瞬目を見張った漆原は、すぐに口元に笑みを浮かべた。

「ああ、行ってこい」

漆原のように、姿勢に気を付けて式場に入った。

祭壇に一礼し、ご遺影を見てから、隅から隅まで式場を眺める。控室のご遺族やご親族には、ホールスタッフが先に声を掛けてくれていたため、既に着席していた。

すうっと息を吸う。そして、ゆっくり吐き出す。高鳴る心臓に、気付かないふりをする。

「間もなく、開式のお時間でございます」

練習してきた、いつもよりも少しだけ大人っぽい声を出した。まだロビーにいる一般会葬者を促すアナウンスだ。ご親族たちが顔を上げて私を見たが、すぐに祭壇や棺のほうへと目を向けた。その様子に、ほっと力が抜けた。

もう一度、祭壇を見る。紗絵さんの笑顔と目が合った。憧れの職場で働いているという、誇りがその眼差しに滲んでいる気がする。

式場を確認した。大丈夫、想定よりも一般会葬者の数が多かったが、追加で用意した椅子にはまだ少しゆとりがある。たくさんの友人たちが集まっていることに改めて驚いた。

「去る六月二十五日、間島紗絵様は尊い命の幕を下ろされました」

私の言葉に、式場がしんと静まり返った。

ご両親から聞いていた、紗絵さんの人柄をご紹介する。明るく、真面目で、人一倍努力家だった紗絵さんは、友人たちからも頼りにされ、友達も多かったという。

「紗絵さんは、ずっと憧れてきたレストランに、この春就職されたそうです。彼女の夢は、子供の頃にご両親に連れてきてもらったそのお店で、一流のサービスをすることでした。ご遺影の写真は、ご両親をご自身が働くレストランに招待した時のものだそうです。幸せそうな笑顔に、ご両親を大切にされていたという紗絵さんのお人柄が偲ばれます」

鈴子さんが夫の腿《もも》に手を置くのが見えた。彼はその手をぎゅっと握る。

「ただひたむきに夢に向かって努力をされてきた紗絵さんのお姿は、今日、ここにお集まりいただいた皆様のお心の中に、いつまでも深く刻み込まれることと思います」

開式前のロビーで友人たちの話を聞いていて、どうしても伝えたいと思っていた言葉だった。仕事が大好きで、決して投げ出したわけではないと、ご両親にも気付いてほしかったのだ。よく頑張ったね、と、私は紗絵さんに心の中で語りかけた。

しめやかなすすり泣きの気配が式場を満たす。式場が紗絵さんを悼む思いに溢れていた。

私はそっと時間を確認する。定刻だった。

チラリと式場の入り口に目をやれば、優しい表情の里見さんが控えている。その横には漆原だ。心配してくれているのか、顔つきからは読み取れないが、その姿に何よりも心強さを感じ、私はまっすぐに前を向いた。

「それでは、導師ご入場でございます」

里見さんが入場したことで、私は援軍を得たような気持ちになった。合掌で里見さんをお迎えした参列者に「おなおりください」と声を掛け、そっと息をついた。

顔を上げると、祭壇から僧侶の席、そして参列者が整然と並ぶ式場をゆっくりと眺めた。全体がよく見える。喪主様、ご遺族、ご親族、そして、一般の会葬者。その表情まではっきり分かるほどだ。これまで、漆原のアシスタントとして後方にいた時よりもずっと近く感じる。こんな風景を、毎回漆原は眺めていたんだな、などと、今、同じ場所に立ってみて妙な感慨を覚えた。

里見さんの読経が始まった。私は心を落ち着けて、何度もたどった漆原の視線の動きを心に思い描く。しっかりと確実に式の次第をたどる。

練習の中で、一番タイミングが難しいと感じていた焼香が始まる。

私の呼びかけに、喪主が立ち上がった。彼の足取りは、思いのほかしっかりとしていて、私はほっとした。一方で母親の鈴子さんは、立ち上がった時にわずかによろめいた。それでも、参列者に深く頭を下げ、焼香台へと向かう。ゆっくりとした足取りは、悲しみと疲労ゆえか。私は彼女が席に着くまでしっかりと見届けてから、ご親族へと呼びかけた。

漆原の言っていた通りだった。よく見ていれば、自然とタイミングがつかめた。単に順番を追うだけではない。式場に集まった紗絵さんを弔う人々の心と同化し、その流れに乗っているような気持ちになったのが不思議だった。

次は、一般会葬者である。最初に呼びかけた後は、陽子さんが進み出て、整然と席に着いた会葬者を列ごとに焼香台へと案内してくれている。

しばし陽子さんに任せた私は、遺影に目をやり、里見さんの読経に耳を傾けた。その朗々とした声に、控室を出る時に聞いた、里見さんの言葉が頭に浮かんだ。

「紗絵さんはね、今、目の前が明るく開けたのを感じているよ。あの朝、電車に弾き飛ばされた瞬間、彼女が見たのは空だった。梅雨時の暗い空だったけど、空を見たのは随分久しぶりだって思ったそうだよ。ふと立ち止まって、空を見上げる余裕すらなかったんだ。仕事に夢中で走り続けて、自分を追い込んでしまっていたみたいだね。早く一人前になりたいと、焦り過ぎてしまったのかな……」

思う通りにできない悔しさや、先輩たちに失望されやしないかという不安は、私にもよく分かった。それでも私には、陽子さんや椎名さんという相談相手がいた。

「紗絵さんは、いつだって友達から頼られる存在だった。悩みや、行き詰まっている姿を人に見せるのが苦手だったんだね。両親にも心配をかけたくなくて、結局、ひとりで走り続けるしかなかった。少し立ち止まって、自分のことを聞いてもらう勇気を持てたらよかったのになって言っていたよ」

素直に振る舞えない紗絵さんの気持ちも分かる気がした。けれど、きっと彼女は自分の弱さを見せるよりも、友達に頼られることが嬉しかったのだ。そこで里見さんはうっすらと微笑んだ。優しいけれど、どこか寂しそうな微笑みだった。

「……だからね、もしも生まれ変わることができたなら、今度はもっと心に正直になりたいって。そうやって、次の生を思い描くことが、亡くなる方の救いになるのかもしれないね……」

紗絵さんが、精神をすり減らすほどに仕事に夢中になっていたのは確かなのだ。何の妥協や迷いもなく、ただまっすぐな情熱を抱えたまま、ふっと消えてしまった紗絵さんだからこそ、私が感じ取ったように穏やかに澄み切った気配だったのかもしれない。

ご焼香を待つ一般会葬者の列は、間もなく終わろうとしていた。

梅雨時の雨夜にもかかわらず、こんなにも多くの友人が集まっている。それぞれに沈鬱な表情で、心から紗絵さんを悼んでいるのが分かる。

里見さんの話のように、もう少しだけ紗絵さんが外側に目を向ける余裕があれば、また違った未来が開けていたかもしれない。彼女の悩みや焦燥感にだって、友人たちはきっと耳を傾けてくれたはずだ。

ふと、紗絵さんがサービスをする姿を見てみたかったなと思った。

私には十年経っても足を踏み入れることができそうもない、あのキラキラと輝くようなレストランで、彼女はどんなふうに働いていたのだろう。

就職したことが夢の終わりではない。彼女はまだ、摑んだ夢の途中だった。これだけ友人たちに信頼され、慕われた紗絵さんなのだ。きっと、お客様たちの想像の一歩先を行く、素晴らしい接客をしていたに違いない。

私は、紗絵さんが輝くような笑顔で、お客様のグラスに美しくワインを注ぐ姿を思い描いていた。とても素敵な情景だった。

うっすらと煙を立ち昇らせる香炉の奥では、いよいよ里見さんの読経が終わろうとしていた。今となってみれば、あっという間だった気がする。

私の前をしずしずと通り過ぎる里見さんに、私は礼拝しながら、ありがとうございましたと、心から感謝をしていた。退場するのを確認して顔を上げる。

再び静寂となった式場をゆっくりと眺めた私は、嚙みしめるように口にした。

「以上をもちまして、故間島紗絵様の通夜の儀を滞りなく終了いたしました。ご会葬の皆様には長時間にわたるご参列、誠にありがとうございました」

式場内の半数以上を占める一般会葬者が隣のお清め会場へと移動し、いささか空気の密度が緩やかになったような気がした。ご遺族の席へと目をやれば、表情のない紗絵さんのご両親がじっと祭壇の遺影を見つめていた。

お清め会場の入り口では、ちょうど陽子さんが親族席も用意できたことを示すように頷いている。このままご遺族、ご親族もお清め会場へとご案内すれば、無事にお通夜をやり遂げたことになる。

しかし、私の呼びかけで親族たちが移動しても、紗絵さんのご両親は腰を上げようとしなかった。本来ならばここからは喪主様やご遺族が、集まってくれた方々にお礼を伝え、一緒になって故人の思い出を語る時間となる。このままというわけにもいかない。

司会台を離れた私は、ゆっくりとご両親へ近づいた。

「お疲れ様でございました。お清めのお席がご用意できています」

ふたりは顔を上げ、何とも言えない表情を浮かべている。この様子に、すぐに私はふたりの気持ちを理解した。

「紗絵さんのお友達に会うのが、おつらいですか……?」

私は椅子の傍らに膝をつき、ふたりの顔を見つめた。ご両親は顔を見合わせた後、鈴子さんがゆっくりと頷いた。

「紗絵のために集まってくれて、ありがたいと思います。でも、やっぱり彼女たちの中に紗絵がいないことが、なんだか理解できないんです……」

私も頷いた。紗絵さんの友人が多いことへの率直な嬉しさや、それぞれに社会人になり、忙しい中でもこうして集まってくれたことへの感謝も、ご両親にはもちろんあるはずだ。しかし、あれだけ多くの友人がいる中、どうして自分の娘だけがこんなことになってしまったのかという思いは、お子さんを亡くしたご遺族を何度も目にしてきたから痛いほどよく分かる。私は一呼吸置くと、勇気を出してふたりに語りかけた。

「……いますよ、お友達の中に紗絵さんが」

驚いたように顔を上げたふたりに、私はわずかに微笑んでみせる。

「彼女たちの心の中の紗絵さんです。みんな、それぞれが紗絵さんの思い出を持っています。もしかしたら、ご両親がご存じない紗絵さんもいらっしゃるかもしれません。それを、お友達に、お訊きになってみたらいかがでしょうか」

ぽろりと母親の頬を涙がこぼれ落ちた。

「もちろん、お友達の方々が知らない紗絵さんの姿も、おふたりはたくさんお持ちだと思います。それをお話しになってはいかがでしょうか。多くの方の心に紗絵さんの面影が残る、それが何よりのご供養にもなると思うのです」

「……行こうか、母さん」

喪主が母親を促し、ふたりは立ち上がった。

ご両親をお清め会場までご案内すると、すぐに陽子さんが席へと誘導してくれる。親族たちも、彼らを気遣うように集まってきた。それに気付いた紗絵さんの友人たちも。

その光景を見て、私はようやく安堵の息をついた。

終わったのだ。

初めての通夜の司会を、何とか、終えることができた……。

そう思うと、体から一気に力が抜けるようで、足元がふわふわと心もとなかった。

とりあえず、式場に戻らなくては。そういえば、司会台の上には、外したままの腕時計を置きっぱなしだった。雲の上を歩いているように膝のあたりが覚束《おぼつか》ないのは、式の最中に震えないようにと、力を籠めすぎていたためだろうか。

「初めてにしては上出来だな」

後方からの声に、振り向いて漆原の顔を見た途端、ほっとして涙が溢れ出した。

「泣く奴があるか」

漆原の呆れたような声がする。しかし、涙はなかなか止まってくれない。「すみません」と謝りながらも、この安心感はどうしようもないのだ。これまでの反動のように、涙腺も、頬の筋肉も緩みっぱなしで涙が止まらなかった。

「大きな山は乗り越えたな」

手の甲で涙を拭い、漆原の顔を見上げた。穏やかな表情にほっとする。

「……乗り越えられましたか？」

「最後までご遺族に寄り添うところも、なかなかよかった」

ご両親とのやりとりも見ていたのかと、一気に頬が熱くなった。少し出過ぎたことかもしれないと迷ったものの、あの時の私は、自然とふたりに語りかけていた。これまで漆原の言葉によって慰められるご遺族を、何度も目にしてきたからかもしれない。

「まぁ、まだまだ難所はいくつもあるけどな」

横目で私を見た漆原に、慌てて首を振る。

「……お願いですから、ダメ出しは、また今度。今はもうしばらく、ほっとしていたいんです」

できることなら、今夜はこのままの気持ちで終わりたかったのだ。

紗絵さん、司会をやらせてくださって、ありがとうございました。

私は祭壇の紗絵さんの笑顔に向かい、心の中でお礼を言う。

漆原も私の横でじっと遺影を見つめていた。明日の葬儀、告別式の司会は、漆原が行うことになっている。

「この調子なら、すぐに葬儀の司会も任せられそうだな」

また厳しい練習が待っているのかと、いささか沈んだ気持ちで切り返した。

「明日はしっかり勉強させていただきます。素晴らしいお式をお願いします」

梅雨時には珍しく、朝の光が坂東会館のエントランスの白いタイルを照らしていた。昨夜の雨はすっかり上がり、今日は貴重な〝梅雨の晴れ間〟になりそうだと、事務所の奥の和室から、テレビの気象予報士の声が聞こえている。

ふと事務所の小窓から玄関ロビーに目をやった私は、自動ドアから入ってくる喪主の姿に気付いた。同じように見ていた椎名さんが、「ああ、さっき、副葬品を取りに、一度ご自宅に戻るって、わざわざ知らせに来てくれたよ」と教えてくれた。

紗絵さんのご両親は、昨夜の通夜の後、そのまま坂東会館に宿泊していた。宿直だった椎名さんは、館内も巡回しているし、何度か顔を合わせていたのかもしれない。

葬儀は十時より開式の予定である。

平日の昼間ということもあり、通夜に比べて一般の会葬者はずっと少なくなるだろう。会社を休んでまで出席するのは、よほど紗絵さんと仲の良かった友人だけだとは思いながらも、もし、自分だったら……と考えてみる。友人との最後の別れだ。仕事を休んででも、駆け付けたいと思う人は多いかもしれない。同世代の式となると、私の思考もいつもよりもめまぐるしくなる。

事務所に漆原の姿はなく、私は三階の式場に向かうことにした。階段を上りきると、ロビーのあたりまでふわりと線香の香りが漂っている。

式場を覗けば、漆原が祭壇の前で手を合わせていたが、ロビーにまで満ちるこの香りは、一晩中紗絵さんのご両親が煙を絶やすことなく、娘を見守り続けたのに違いなかった。閉ざされたままの棺の横で、ご両親はどんな思いでいたのかと、私の胸も切なくなる。

漆原の横に並んで手を合わせた私は、そのまま祭壇を見つめる漆原に語りかけた。

「昨日、里見さんから、紗絵さんが最後に見た景色は空だったと教えてもらいました。事故の日は雨空でしたけど、今日は晴れましたね。紗絵さんも、今はこの青空を見ているんでしょうか」

「慈しみの雨、天の涙、雨空にも色々な言いようがあるが、見送る側としてはやはり晴れていたほうがいいな」

「はい、でも……」

「どうした」

棺に目をやった私に、漆原が訊ねる。

「お顔を見てお別れができないのは、つらいでしょうね……」

「そうだな」

いくら遺影があるとはいえ、実際にお顔が見えなくては、棺の中の存在にどこか実感が伴わないように思える。また、出棺の時には、親しい人たちは棺の中の故人にお花を手向けることで、いよいよお別れだという気持ちを定めるのではないのか。

「漆原さん……」

通夜の時は疑問に思わなかった点が、告別の場となるとまた違って見える。

こういう時はどうするのだろうと訊ねようとした矢先、ご親族たちが到着して、そのままあわただしくしているうちに開式となってしまった。予想に反して、紗絵さんの友人たちも多く訪れ、昨夜よりも少なめに用意していた会葬者席を追加することになったからだ。

ロビーで案内をしていた陽子さんが私を見て、はっとした顔をした。

「ごめん、美空。昨日、お清めの席で、ご友人たちが〝私も行く〟〝だったら私も会社を半休にする〟なんて約束していたんだよね。美空に伝えるのをすっかり忘れちゃったよ」

「そうだったんですか。お清めもいい雰囲気でしたもんね。席は用意できましたし、たくさんのお友達がお見送りに来てくれて、紗絵さんも嬉しいと思います」

「そうだね」

陽子さんが顔を上げて、既に遺族席に座っているご両親を見つめた。

「お母さんと、お父さんも感謝しているんじゃないかな。だって、紗絵さんがこれだけ慕われていたってことだもんね」

「そうですよね」

私はいつものように、式場の入り口近くに控えて、司会台の漆原を見つめていた。

先ほど、里見さんからは「今日の司会はやらないの？」とからかわれたが、昨夜のどこか和やかなお清めの雰囲気とはがらりと違った沈鬱な空気に、やはり私にはまだ荷が重い気がしてしまう。通夜よりは少ないものの、今日も多くの友人たちが集まり、式場は始終ひっそりとした涙に包まれていた。

漆原の落ち着いた雰囲気や、声をかける絶妙なタイミングは、昨夜、自分で司会をしただけに、今までよりも気付かされることが多かった。そして、何よりも姿勢がいい。意識していたつもりだったが、ふと気を抜いた瞬間がなかっただろうかと、昨夜の自分が気になった。

里見さんが退場するのを合掌でお見送りした後、喪主の挨拶となる。

「本日はご多忙中のところ、ご会葬を賜り、誠にありがとうございます。お陰をもちまして、葬儀、告別式を滞りなく執り行うことができました……」

ほぼ定型的な言葉で始めた真一さんの眼差しは、そこで一般会葬者席へと向けられた。

「娘、紗絵の突然の最期に、驚きと悲しみとで途方に暮れていた私たち夫婦にとって、お集まりいただいたたくさんのお友達の皆様が、何よりの慰めとなりました。私たちの知らないところで、娘が多くのお友達に囲まれ、愛され、頼ってもらい、夢に取り組む姿を見守ってもらえていたと知ることで、娘は幸せな人生を歩んでくることができたのだと、実感することができたのです。また、こんなに多くのお友達にお見送りいただくことは、紗絵にとっても何よりも嬉しいことでしょう。皆様には、これからも健やかに、輝かしい未来を目指していただきたいと思います。簡単ではございますが、ご挨拶を申し上げ、お礼に代えさせていただきます」

真一さんは深々と頭を下げ、会葬者席の友人たちも涙を浮かべながら、それぞれにぺこりと頭を下げている。

告別式が始まる前に、私は真一さんから聞かされていた。

昨夜、私にお清め会場へ促されたことで、友人たちから様々な紗絵さんの話を聞くことができき、その言葉に慰められ、励まされたと。おそらく友人たちは火葬場へ同行することなく、ここでお別れすることになる。真一さんは今のうちに、何としてもお礼の言葉を伝えたかったのだ。

この後はいよいよ出棺の準備である。

漆原は式場の人々をロビーへと誘導すると、中央に棺を移動した。

いつもなら蓋が外される棺も、今日はこのままだ。白い木目と、その上に被《かぶ》せられた金襴の鮮やかな棺掛けが、私たちを拒むようなよそよそしい印象を与えている。いつものように、棺を花々で満たすこともできない。用意していた花束を喪主が棺の上に手向け、出棺になるという流れだ。

棺の中に紗絵さんが眠っているのは確かなのに、なんとも言えない寂しいお見送りになってしまう気がする。私ですらそう思うのだから、ご両親はどれだけ切ないだろうか。

漆原は、先に喪主夫婦だけを式場内にご案内した。棺に副葬品を入れるのだ。

「紗絵のお店の制服です。昨夜、集まった方々のお話を聞いていて、やっぱり紗絵はお店が大好きだったんだと分かり、これを入れることにしました。子供の時から、かっこいいと憧れていた制服です……」

真一さんが紙袋から取り出した、きちんとたたまれた白いシャツと黒い上下はそう厚みもない。いつもならばご遺族が自らの手で棺に入れるのだが、今回は漆原が受け取ると、足のあたりの棺の蓋をわずかにずらして丁寧に差し入れた。納棺をした漆原は、どのあたりにスペースがあるか把握しているのだ。

再び蓋を元通りに戻した漆原に、鈴子さんがあなた、と慌てたように夫を促す。真一さんは喪服のポケットから取り出したものを漆原に示した。

「これも紗絵に持たせてやりたいのですが……」

わずかな沈黙の後、漆原が呟いた。

「ソムリエナイフですか……」

「昨日、お清めの席の時、渡されたんです。紗絵の職場の先輩が、わざわざ持ってきてくれて……。これがなかったら困るだろうって」

勤務先の先輩も来ていたとは気付かなかったが、当然あり得ることだ。その先輩は、更衣室に置かれていた制服とソムリエナイフをご両親に渡しながら、職場での紗絵さんの様子を聞かせてくれたそうだ。

「就職祝いに買ってやったものなんです。いつもポケットに入れて、仕事の後はきれいに磨いていたと教えてくれました。大切にしてくれていたんですね……。私はすっかり忘れていました」

燃えないものは棺に入れることはできない。それがどんなに故人にとって必要なものでも。真一さんがどこかためらいがちに見えるのは、それを分かっているからかもしれない。

「喪主様、残念ながら、燃えないもの、ご遺骨を傷つける恐れのあるものはお入れすることができません」

「そう……ですか……」

しかし、漆原はしっかりとご夫婦に向き直ると、こう言ったのだ。

「どうぞ、このままその大切なお品物を、火葬場までお持ちください。収骨の際、お骨と一緒に、骨壺《こつつぼ》にお入れして差し上げましょう」

私は小さなため息を漏らしていた。経験を積め、色々な葬儀を見ろと言われているのは、まさにこういうことだ。

だが、私の驚きはそれだけではなかった。再び、ソムリエナイフを喪服のポケットにしまった真一さんは、今度は懐から写真の束を取り出したのだ。それを見た漆原が、紗絵さんの棺を手で示す。

「では、お持ちいただいたお写真を、どうぞ棺の上へ……」

喪主ご夫婦は、何枚もの紗絵さんのスナップ写真を棺の上に並べていく。

ほぼ全てが、笑顔の紗絵さんだった。最近のものが大半であるが、中には子供時代のものもある。きっと、友人たちですら知らなかった様々な紗絵さんの姿が、これまで無表情だった棺の上を、閉じられたままの窓の部分から、足先のほうまで彩っていく。

最後に喪主が紗絵さんの胸のあたりに置いた写真に、私の目は引き付けられた。レストランの制服姿で微笑む紗絵さんが写っていたのだ。

写真を並べ終えると、ふたりは顔を上げて漆原に頷いた。いよいよ、訪れた方々に紗絵さんをお見送りしてもらう準備が整った。私はロビーに待機していたご親族と、紗絵さんの友人たちを式場の棺の周りへとご案内した。

誰もが、写真で覆われた棺に目を見張った。一度立ち止まり、次にその一葉一葉の表情を見ようと、棺のそばへと進み出る。誰からともなく、すすり泣きの声が上がり、それぞれが紗絵さんを確かめるように、棺の上へと手を伸ばした。これまでよりもずっと、紗絵さんと集まった方々の距離が近づいた気がした。

しゃがみ込んだ鈴子さんが、棺のふちを優しく撫でながら、中に眠る娘に囁くように語りかける。

「お母さんも、お父さんも、紗絵が私たちの娘に生まれてくれて、本当に、本当に幸せだった……。ありがとう、紗絵」

紗絵さんのお顔は見えないけれど、写真の中にはたくさんの彼女の笑顔がある。きっと今、紗絵さんを見送る人々にとっては、お顔が見えるかどうかということは大きな問題ではない。

ふと、以前水神さんが言っていた言葉を思い出した。

〝……ご遺体だって、できるだけ元通りの姿でご遺族様にお会いになりたいでしょうし、ご遺族様にも、ちゃんとお顔を見てお別れをしていただきたいですからね。その準備を整えて差し上げるのも我々の大切な仕事です。特にお顔はね、重要だと思うんですよ。穏やかなお顔だと、何となく救われた気がするでしょう……〟

漆原は、故人と残された人々の距離を何とかして近づけたいと思い、どうすればお見送りをする人たちに紗絵さんの存在を実感してもらえるのか考えたのだ。今朝、私が見かけた真一さんは、娘の写真を取りに戻ったところだったのだろう。

漆原は、いつものように一歩引いた位置で静かに見守っていた。

どんなに名残惜しくても、別れの時は必ず訪れる。漆原の目配せに、私は前へ進み出ると、用意していた花束を喪主に手渡した。カサブランカを中心に白い花々を束ねたずっしりとした重みを、真一さんはしっかりと受け取る。そして、式場内をゆっくりと見渡して深く頭を下げた後、棺へと向き直った。

「よく頑張ったね、紗絵。ゆっくりお休み……」

真一さんが花束を棺の上に手向ける。制服姿の笑顔の娘の上に、そっと重ねるように。

こらえきれないすすり泣きが式場を満たす中で、漆原は静かな声を発する。

「ほどなく、お別れです」

どこか無情なようでいて、人々の悲しみを包み込むような優しい余韻をもって心に残る言葉だ。何度も耳にするうち、いつしか私はそう思うようになっていた。

棺に縋りついていた人々が、ゆっくりと立ち上がる。生きている者は、いつだって先に逝った人たちを見送らなければならない。どんなに離れがたくても。

先頭の霊柩車と続くマイクロバスに、火葬場まで同行するご遺族やご親族が乗り込んだのを確認すると、控えめにクラクションをひとつ鳴らし、霊柩車がゆっくりと走り出す。

紗絵さんの友人たちは、手を合わせてその様子を見送った。里見さんも今回はここまでのお見送りである。

一般会葬者の対応は、陽子さんたち式場に残るスタッフに任せて、私も漆原の車に乗り込んだ。私たちは、ご親族が乗っているマイクロバスに続いて、火葬場を目指している。

「曇ってきたな……」

「天気予報は外れですね。でも、昨日までずっと続いていた雨を思えば、朝だけでも晴れたことは奇跡みたいなものです。みんなの祈りが通じたのかもしれませんね」

言うそばから、フロントガラスにポツポツと雨があたりだした。思えば、紗絵さんの自宅に打ち合わせに伺った日は大雨だった。つい一昨日のことなのに、もう何日も前のような気がする。

「……いいお式になりましたね」

あの日、衝撃と後悔と悲しみで、憔悴しきっていたご両親とお会いし、どうなることかと思った。しかし、終えてみれば、はっきりとおふたりの気持ちにも変化が見られたことが分かる。もし、そうなったことの一端が、漆原の行った葬儀であるとすれば、この仕事に就く私にとっても喜びである。

「棺の上に置いた写真は、漆原さんの提案ですよね。いつ思いついたんですか?」

「お清めの席だ」

「まさか、制服姿の写真があるとは思いませんでした」

「ソムリエナイフを届けてくれた先輩が、スマートフォンの中の写真を喪主に見せたのさ。ご両親も実際に娘が働いている姿は見たことがなかったんだろうな。母親がメールしてほしいと頼んでいた。その写真まで持ってくるとは、俺も思わなかったけどな」

「分かったんですよ。ご両親にも紗絵さんの情熱が」

それにしても、漆原はお清め会場の様子まで見ていたなんて、よく気が回るものだと感心してしまう。

「昨日、通夜が始まる前のロビーで、雰囲気を感じ取るのも大切だと言っただろう。それだけさ」

昨夜、通夜の司会を終えたことで、私はすっかり自分の仕事をやり終えた気になってしまっていた。けれど、漆原はその間もまだ何かできることはないかと探していたのだ。

「……私、棺を開けられないのは仕方のないことだと、気の毒に思いながらもその先を考えようとしませんでした……。やっぱり、漆原さんにはまだまだかないません」

「当たり前だ」

漆原が呆れた声を漏らす。

「だから経験を積むしかない。だが今回は、俺は君を引き継いだだけだ」

「どういうことですか?」

「通夜の後、式場に残った両親に声をかけただろう? 友人たちの心の中で鮮やかに生きている紗絵さんの姿が、ふたりの気持ちを切り替えたんだ」

漆原の言葉がにわかに信じられない。

「大切な人のことを、一緒になって語り合える人々と過ごすことも、大きな救いとなるものだ」

漆原には到底かなわないし、かなうはずがない。けれど、私が目指すものは決して間違っていない。

それに、と漆原は続けた。

「これからは、毎年紗絵さんの誕生日に、夫婦であのレストランに行くことにしたそうだ。彼らにとって、あの場所は紗絵さんに会える場所になったんだな」

もちろん心の中の紗絵さんだ。漆原の言葉は、私の気持ちに残っていた澱《おり》を取り除いてくれるようだった。

「……ずっと心配だったんです。ご家族にとって大切な思い出の場所が、娘を死へと追い詰めた、目を背けたい場所になってしまったのではないかって……」

「友人や先輩のおかげだ。両親は話を聞いて、ようやく仕事に熱心に取り組む娘の姿を実感することができたんだろう」

再び私の心に、あの素敵なレストランで生き生きとサービスをする紗絵さんの姿が浮かんだ。彼女が笑顔を向ける先は、テーブルに着いたご両親だ。

彼女はいつまでも大切な場所で輝き続ける。

「前へ、進むことができたんですね……」

心からの安堵とともにこぼれ落ちた呟きに、漆原が応えた。

「君もな」

思いがけぬ言葉が、静かに私の体の中を巡っていく。心を温かく満たしていくような余韻に、私はいつまでも身を任せていた。

エピローグ

眩しい光に、分厚い深緑の葉に丸く溜まった水滴が輝いていた。

庭先の紫陽花も、隣家の梔子《くちなし》の光沢のある艶やかな葉も、久しぶりの太陽を喜ぶかのようだ。降り続いていた雨のせいで、水分をたっぷりと含んだ緑はどれも瑞々しかった。

予報によれば、今週中には関東も梅雨明けとなるだろう。夏へと向かう日差しは容赦なく強かったが、湿度が低いのか、気持ちのよい朝だった。

今日は休日である。しかし、私は坂東会館へと向かっていた。服装はいつもの黒いスーツ姿だ。事務所に顔を出すと、陽子さんが「あれ？　急な仕事でも入ったの？」と首を傾げた。先に到着してコーヒーを飲んでいた漆原が、「行くか」と立ち上がる。

事務所のドアを出ると、後ろから椎名さんの「漆原さんも今日は休みじゃなかったっけ？」という声が聞こえてきた。きっと、陽子さんとふたりで不思議がっていることだろう。

坂口さんから連絡があったのは一週間前だ。私がちょうど、間島紗絵さんの葬儀の司会をやり遂げた翌日だった。

ようやく海路さんのことに区切りをつけることができた彼女は、話を聞いてくれた私や漆原に、ぜひ仕事を離れた場で会ってほしいと言う。聞けば、夏海とふたりで、海路さんが姿を消した海岸へ行くことを決めたというのだ。

六年ぶりに訪れるその場所は、ふたりにとっては懐かしくもあり、つらい記憶の残る場所でもある。そこへ再び足を運ぶことは、まさに区切りをつける儀式と言えるかもしれない。

坂口さんはさすがに遠慮をして、私たちを一宮まで誘おうとはしなかったが、私の上司に興味を持った夏海がどうしてもと言う。

漆原ならば当然断ると思ったが、それでも相談してみたのは、どこまでも律儀な私の性格ゆえである。ふたりのたっての願いとあれば、蔑《ないがし》ろにもできない。「誘ったが断られた」と言えば済む話だと思ったのだ。

しかし、漆原の返答は予想外のものだった。

「里見も誘ってやれ」

思いがけぬ言葉に、しばし呆然と漆原の顔を見つめた。念のため、もう一度確認する。

「遊びに行くわけではありませんよ」

「俺が遊びでそんなところまで足を延ばすと思うか?」

「だったら、仕事ではありませんよ? ええと、そう言えば、お伝えしていませんでしたが、だいぶ前に夏海から、葬儀の予定はないと言われていて……」

大きくため息をついた漆原の右手が少し上がり、すぐにふと気付いたように下ろされた。おそらく、椎名さんだったらげんこつを食らうパターンだ。

「そこまで仕事には困っていない。その男がいなくなったという海岸へ、このタイミングで行くと聞けば、その目的くらいはすぐに分かる。だったら、里見もいたほうがそれらしいだろう」

「いいんですか、そんな……」

「あいつはいつでも暇だ。喜んで付いてくる」

「そうではなくて……」

私は漆原の顔を窺う。感情に乏しい表情は、いつだって何を考えているのか分からない。

「漆原さんが、こんな申し出を受けてくれるなんて、奇跡だなと思って」

「坂口さんの相談にのった手前、断るのも申し訳ない。あの人の仕事に対する思いは、俺も見習うところがある。何よりも、彼女自身が大切な人を失ったのなら、仕事でなくても彼女の区切りを見届けたいというのも本心だ」

今度は横目で漆原を見てしまった。

「やっぱり、坂口さんみたいな人が好みですか？」

「だんだん椎名に似てきたな」

「漆原さんに似るよりはましです」

漆原が呆れたように笑った。

私も、軽口をたたいてはいても、漆原の心の中のことが分かった。

死を敬虔《けいけん》に受け止め、その家族にも寄り添う坂口さんに、私と同じく漆原も共感の思いがあるのだろう。悲しみに近い場所でも、私たちは日々、それを受け止めて、何とか気持ちに寄り添おうとあがいている。

「まぁ、彼女たちも、それほど荘厳な気持ちで行くつもりではないだろう」

「この六年間の葛藤は、その場所から始まりました。だから、それぞれの気持ちに整理がついた今、どうしても行きたいそうですよ。お迎えに」

「お迎え？」

「魂が漂っているとすれば、ですけど。とっくにふたりの心の中には帰ってきていると思いますけどね」

「そうだな」

「本当にいいんですか。それに、結構遠いですよ」

まだ信じられなくて、もう一度念を押してしまった。漆原と明るい海のイメージが、どうしても結びつかない。もっとも、遊びに行くわけではないのだが。

「たまには、仕事以外でも使ってやらないと、俺の車にも気の毒だしな」

「なんですか、それ」

「ドライブも悪くないということさ」

夏海たちは、先に行って一泊すると言っていた。あらゆるものを慎むように六年を生きてきた彼女たちにとって、素敵な小旅行になればいいと思う。

ふと、当然のように漆原の車に乗せてもらう前提で話をしていたことに気付き、居たたまれない気持ちになった。そして、荒っぽい漆原の運転に不安になる。

「安全運転でお願いします……」

今度こそ、本当にげんこつが落ちてきた。


実を言うと、九十九里《くじゅうくり》のほうまで足を延ばすのは初めてだった。子供の頃から我が家に自家用車はなく、近隣の房総方面にすら出かけた記憶はほとんどない。釣りが趣味という父親でさえ、友人の坂東社長の車に便乗させてもらって出かけるのは、富浦《とみうら》や富津《ふっつ》のあたりだ。

漆原の車で光照寺まで迎えに行くと、里見さんは愛車のオレンジ色のマーチをぴかぴかに磨き上げていた。僧侶らしくない車は、「かわいいから」というだけで里見さんのお気に入りだが、この車で仕事に出かけることは厳しく兄たちに止められているという。父親や兄たちの車が使えない時は、必然的に地下鉄を使わざるをえないのだった。

漆原は当然のように自分の車で行くと言い張り、里見さんもしぶしぶ漆原の車に乗り込んだが、どこか浮かれていた。遊びではないと散々言い含められていても、誘われたのが嬉しいのだろう。

「僕まで行っていいのかな」

柄にもなく心配そうな里見さんに、ハンドルを握る漆原はまっすぐに前を見たまま呟いた。

「ご遺体が見つからず、葬儀があげられていない方だ。また、今のところ、その予定もない。お前が見送ってくれれば、せめてもの供養になるだろう」

およそ半年間にわたるこれまでの経緯を話せば、里見さんも納得したように頷いた。

里見さんの存在は、何もよすがないと言っていた坂口さんや夏海にとっても、頼もしく思えるに違いない。


どこまでも青い海が一直線に続いている。同じ青なのに、空と海の境目がはっきりと分かれていて、かつて夏海が作った、様々な青い色彩を思い出した。白い砂浜も、光を反射していて眩しい。

里見さんと一緒になってはしゃいでいると漆原に呆れられた。

そもそも、私にとっては東京湾こそが海で、子供の頃に海水浴に出かけた記憶すらない。姉を水の事故で亡くした両親が、水辺を避けたのは当然だと今なら思えるが、あの時は夏休みの度に海に行く同級生が羨ましかった。

海に対する幼い頃の憧憬と相まって、ごみごみとした下町を生活の拠点とする私が、すこんと開けた大自然に感動するのは当たり前なのである。

待ち合わせた駐車場に遅れて入ってきたのは、夏海が運転する空色の軽自動車だった。

先に降りてきた坂口さんが、すまなそうに漆原に礼を述べる。

「まさか、こんなところまで来ていただけるなんて、思ってもみませんでした」

相変わらず清楚な雰囲気の坂口さんは、ふわりとした黒いワンピース姿で、明らかに弔いを意識していた。

「これも何かのご縁です。それに、清水の友人のお身内ともなれば、放っておくわけにもいきません」

先ほどまでとはがらりと違う漆原の態度に、初対面の夏海がニヤニヤしながら私の脇腹をつつき、やけに大人ぶって頭を下げた。

「美空は昔からどこか抜けています。でも、根性だけはあるので、よろしくお願いします」

「よく知っています」

漆原が微笑み、私はぞっとする。後ろでは里見さんが、こらえきれずに吹き出した。

「こちらの方は……」

遠慮がちに里見さんに視線を送った坂口さんに、漆原が紹介する。

「坂東会館でお世話になっている光照寺の僧侶です。坂口さんのお話をしたところ、お役に立てればと言うので連れてきました」

「どうもありがとうございます」

驚いたように坂口さんが頭を下げた。

シーズン前の平日で人影もまばらながら、それでも私たち五人の姿は、どう見ても明るい海辺には不釣り合いだっただろう。海岸にいる人たちに気を遣い、坂口さんはここで、と、浜辺を見下ろせる駐車場の一角で海に向かって手を合わせた。

夏海は、敢えてお線香もお花も用意しなかったと言う。

「兄貴、迎えに来たよ。私たちと一緒に、家に帰ろう」

もうこの先、どれだけ待っても海路さんのお体と会うことはないのだろう。それでも、ようやく家族が海路さんの魂を迎える覚悟を決めたのだ。長い道のりを経て、坂口さんの顔には静かな微笑みがあった。

ここで弔うと決めたことに迷いはないようで、私たちも海に向かって黙禱《もくとう》を捧《ささ》げた。里見さんは、しばらく手を合わせたまま、小さく口中で祈りを捧げていた。その姿を見た坂口さんは、もう一度海に向かい、手を合わせて目を閉じた。

しばらくして顔を上げた坂口さんは一歩前へ進み出ると、私たちを振り返った。

「今日は、こんなに遠くまでありがとうございます。ついでと言ったら申し訳ないのですけど、私の決意の証人になってもらえませんか？」

全員が坂口さんをただ見つめていた。

「私は、かつて大学のサークルで出会った海路君と、この海岸からお付き合いを始めました。そして、ここでたくさんの約束をしました。結婚の約束はもちろん、ふたりで誓った夢もありました」

「夢？」

夏海が訊き返す。初めて聞く話だったのだろう。

「そう、夢。海路君は救急救命士を目指していて、私は看護師を目指していた。大学を卒業したら、海路君が運んだ命を私が病院で受け止めて、ふたりで命を繋げていけたら素敵だねって、いつも語っていたの。海路君は、困っている人を放っておけないような優しくて、頼もしい人だった。生意気だけど、ふたりで誰かの役に立てる仕事がしたいなんて、あの頃は話していたんだよね……」

海路さんのことを思い出したのか、夏海が目を潤ませて頷いていた。

「でも、その約束があったから、私は今も看護師として頑張っていられる。海路君がいなくなった後、何も手につかなくて、勉強どころではなかったけど、何とか看護師になったのは、心のどこかで繋がっていたいと思ったからなの。ふたりで誓った夢をかなえることで、離れていても、どこかで繋がっていると信じようとしたのかもしれない……」

その言葉は、事故の時からすでに、海路さんは坂口さんの心の中に強く存在していたのだと感じさせた。彼女の人生を動かすほどに。

「この仕事を続ける限り、私の中の海路君も生きている気がするの。一緒に頑張っていると思うことができる。まだまだ、迷ったり、悩んだり未熟だけど、これからもこの仕事を続けていきたい。あの頃、ふたりで夢見たような、頼りになる看護師を目指したい。そんなふうに思うことができるのは、きっと海路君のおかげなんです」

坂口さんの目が潤んでいた。六年ぶりに懐かしい場所に来て、彼女の心には海路さんへの思いが溢れているのだろう。決して懐かしい幸せな思いだけではないはずだ。事故の時の苦しみも、その後の迷いも悩みも……。

華奢《きやしや》な体からは溢れ出しそうな思いを、ぽろりとひと粒目からこぼした彼女は、くるりと私たちに背を向けた。そして海へ向かって力いっぱい叫んだ。

「海路君ありがとう。私は、今、しっかりと自分の人生を歩いているよ。海路君との約束のおかげで、看護師になるという夢はかなえたよ。でも……」

一度言葉を止めた坂口さんは、今度はしっかりと顔を上げ、青く輝く海原へと向けて、更なる言葉を放っていた。どこか清楚な彼女とは思えない、力強く明るい声だった。

「この先は、もっともっと新しい景色を見たいと思います。海路君とした約束の、その先の世界を私が見ることを、どうか許してください」

緩やかな波を規則的に寄せてくる海は、静かで、穏やかで、荒れ狂う様子など想像できないほどに凪《な》いでいた。坂口さんの決意は、確かに波に乗って届いたに違いない。

私たちは、坂口さんの凛とした後姿をいつまでも見つめていた。


東京へ戻る頃には、すっかり夜になっていた。都内へと向かう車線の流れはスムーズで、里見さんは後ろのシートでかすかな寝息を立てている。

「気楽なものだな」

漆原が笑った。

高速道路ならば、乱暴な漆原の運転でも、都内の混雑した道路よりもよほど安心して乗っていられることが分かった。急な減速や車線変更がないからだ。

等間隔に設置された照明の灯りが、規則的に車内をよぎっていく。繰り返されるそのリズムに、何か話でもしていなければ、私まで眠ってしまいそうだった。

「遠くまで来てくださって、ありがとうございました」

「一年以上も一緒に仕事をしているんだ。たまにはこういうのもいいのさ」

思いのほか機嫌のよさそうな漆原に、ほっと肩の力が抜ける。

「それに、一か月間、司会の猛練習に励んだようだしな。ご褒美みたいなものだ」

私の努力を分かっていてくれたのだと、嬉しさがこみ上げてくる。

「漆原さんも、初めて司会台に立った時は緊張しましたか」

「多少はな」

この男が運転中の会話を好まないことはよく分かっている。けれど、漆原が〝ご褒美〟と言った今日くらいは許されるかもしれない。

「だいぶ前に、漆原さんは火葬場で言っていましたよね。収骨を待つたくさんのご遺族の姿を見て、悲しんでいるのは自分だけではないと、励まされたことがあるって」

真冬に、交通事故で命を落とした片桐圭太君の葬儀の時だ。

「言ったな」

「それは、漆原さんがこの仕事に就いたことと、関係がありますか」

その言葉の意味が、坂口さんが終末期の病棟で自分の役割を見出したのと同じかもしれないと感じたのは、スカイツリーで彼女に会った時だった。

「そうとも言える。だが、つまらない話だ」

「つまらない話でも、漆原さんにとって大切なことだったのなら、聞きたいです」

一瞬だけ、チラリとこちらを見た漆原と目が合う。しかし、すぐに逸らされた。

「気が向いたらな」

「前も同じことを言いましたよ」

漆原がクスリと笑う。

「君が、一人前になったら、話してやってもいい」

「漆原さんの気が向いた時よりも、もっと先になりそうな気がするんですけど……」

再び沈黙となってしまった。休日のこのひと時が、なぜか大切な気がして、私は勇気を出して口にした。

「前に里見さんから伺いました。漆原さんは、ご両親を亡くされているって……」

これまで聞いてきた漆原の言葉には、どう考えても自身が同じ状況に置かれなければ発せられないものがいくつもあった気がする。自分にとってかけがえのない人を失い、途方に暮れて立ちすくんだことが、漆原にもあったのではないか。

「父は、幼い時に。それから、女手ひとつで俺を育ててくれた母親は、大学の時に死んだ。ちょうど、里見と出会った頃だ」

あっさりと口にした漆原に、私は思わず「ごめんなさい」と頭を下げていた。

「何を謝る？　早いか遅いかで、必ず人は死ぬ」

「どうして、そんなに他人事みたいに言えるんですか」

いつも通りの淡々とした口調が私の心にひっかかる。つい声を荒らげた私に、漆原は小さく息をついた。

「そうしないとやり切れないことだってあるのさ。まぁ、そのおかげで今の俺がある」

しばらく黙り込んでしまうと、漆原が私の心を見透かしたようにそっけなく言った。

「聞きたかったら、早く一人前になることだな」

私は諦めて、漆原から視線を逸らすと前を見つめた。たまたま視界に入ってきた標識を見れば、既に都内に入っていた。ご褒美の一日がもうすぐ終わってしまうのだと、少し寂しく思う。

「漆原さんは、意外と葬儀屋に向いていたと、里見さんが言っていましたよ」

「どうだろうな」

首を傾げながらも、自覚はあるのだろう。そうでなければ、あれだけ自信を持って仕事をやり遂げることなどできない。この男の自信も強さも、つまりは過去の悲しみを乗り越えたことが大きな要因に違いない。

つい、常日頃頭にあった思いがするりと言葉になってしまった。

「意識しないだけで、たくさんの人が毎日亡くなっているんですよね。その中で、自分に関わる人が亡くなった時だけ、私たちはさも恐ろしいことに出会ったかのように嘆き悲しみます。でも、私は坂東会館で働いてから、ひとつひとつの死を意識するようになりました。自分が関わった方だけでも、ご葬家さんと一緒になってしっかりと送ってさしあげたいって」

「君も、案外葬儀屋に向いているのかもしれないな」

漆原の言葉に励まされる思いがする。この男のようになりたいという思いが、私の心を温かく照らしてくれる。

「じゃあ、これだけは教えてください。漆原さんは、どなたに教わったんですか、お仕事。私も知っている人ですか？　たとえば、坂東社長とか……」

「今もいるが、めったに会うこともないな……」

何となく口が重い漆原に、不意に頭に浮かんだ顔があった。

「もしかして、水神さんですか」

漆原は応えない。しかし、それが何よりの答えだと思った。椎名さんが未だに漆原に頭が上がらないように、漆原も水神さんには、今をもっても従順なのだ。だとしたら、私もこの先ずっと漆原には逆らえないのだろうか。少しぞっとして、うつむいた時だった。

「見てみろ」

はっと顔を上げた。漆原はまっすぐに前方を見つめている。ちょうど、大きな川に差し掛かっていた。先ほど江戸川を越えたから、今度は荒川だ。川沿いに走る高速道路の灯りに目を奪われていると、再び漆原が口を開く。

「右のほうだ」

言われて視線を動かす。暗い夜の空に、まっすぐに天を衝いて聳えるスカイツリーの青白い光が見えた。すっかり見慣れた懐かしい姿に、帰ってきたという思いからか、ほっと息が漏れた。

「左も」

言われるがままに視線を動かし、思わずあっと声を上げた。

遠く、暗い空よりもなお黒くうずくまったビル群の向こうに、ぼんやりと赤く温かな光を放つものがある。東京タワーだ。言われなければ、気付かなかっただろう。

「両方見える、絶景スポットだ」

横でひっそりと微笑む気配を感じた。

遠すぎて、夜空に滲む淡い光が、まるで大切な宝物のように思えて目が離せなかった。

私は瞬きするのも忘れて、ただ見入っていた。橋を渡ればその姿はすぐに隠れてしまう。

漆原はもう何も言わない。じっと前を見つめている。

それでも、この景色を私に見せたかったのだと分かる。じわじわと、喜びが胸の底から溢れてくる気がした。

漆原はこの先、どんな新しい景色を私に見せてくれるのだろうか。

どんなものでも、この男と一緒に出会うならば、私にとっては何もかもが新鮮で、輝いて見えるのではないか。

そんな予感に、漆原がまっすぐに視線を据える道の先へと、私も顔を向けた。

長月天音（ながつき・あまね）

一九七七年新潟県生まれ。大正大学文学部日本語・日本文学科卒業。二〇一八年、『ほどなく、お別れです』で第十九回小学館文庫小説賞を受賞（応募時タイトル『セレモニー』を改題）し、デビュー。本作が、デビュー二作目となる。

編集　村田汐海
　　　幾野克哉

ほどなく、お別れです　それぞれの灯火

二〇二〇年三月三日　初版第一刷発行

著者　長月天音

発行者　飯田昌宏

発行所　株式会社小学館
〒一〇一-八〇〇一　東京都千代田区一ツ橋二-三-一
編集〇三-三二三〇-五一二二　販売〇三-五二八一-三五五五

DTP　株式会社昭和ブライト

印刷所　萩原印刷株式会社

製本所　株式会社若林製本工場

造本には十分注意しておりますが、印刷、製本など製造上の不備がございましたら「制作局コールセンター」（フリーダイヤル〇一二〇-三三六-三四〇）にご連絡ください。
（電話受付は、土・日・祝休日を除く九時三十分～十七時三十分）

ISBN 978-4-09-386566-1